The Old Man and the Sea

老人與海

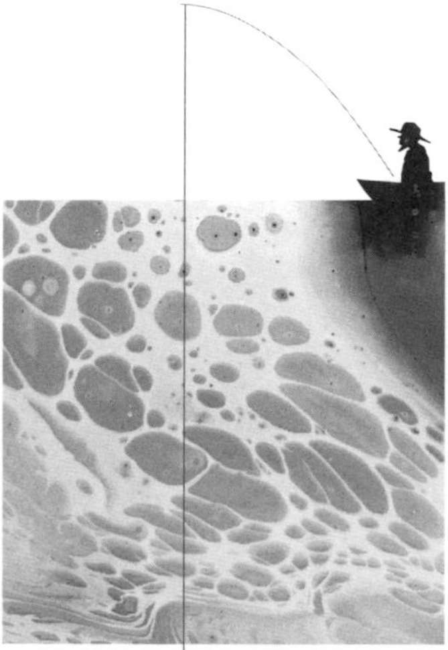

海明威

Ernest Miller Hemingway

楊照——譯

目次

他是個老人，獨自駕一艘小船在墨西哥灣流中捕魚，到現在他已經連續八十四天沒有打到一條魚了。前四十天裡還有一個小男孩跟著他。然而四十天都捕不到魚之後，男孩的爸媽跟男孩說：這老人確實是、絕對是個salao，那種最倒楣的倒楣鬼，所以男孩在爸媽的命令下上了別艘船，那船第一周就捕到了三條像樣的魚。每天看到老人駕著空空的船回來，男孩就很難過，他總是過去幫老人拿收好的魚線或是拿魚鉤和魚叉和捲在桅杆上的船帆。船帆用麵粉袋東補西補，捲著，看起來就像是常敗軍的旗幟般。

老人瘦且憔悴，頸後布滿了深深的皺紋。陽光從熱帶海面反射映照，在他面頰上留下了棕色腫塊，一種無害的皮膚癌。臉的兩側都是這種腫塊，而他的手上則是因為拉繩與沉重大魚相持留下的深陷疤痕。不過沒有一個疤是新的，它們都跟無魚的沙漠上的風蝕地形一般古老。

跟他有關的一切都是老的，除了他的眼睛。他的眼睛有著和海一樣的顏色，而且是歡快、不曾被打敗的。

「桑地牙哥，」兩人將小船拉上海灘後朝岸上爬時，男孩對他說：「我又可以跟你一起出海了。我們賺了一點錢。」

老人教過男孩如何捕魚，男孩愛他。

「不，」老人說：「你正在一艘幸運的船上。繼續跟著他們。」

「可是你記得你曾經有八十七天都沒抓到魚，然後接著我們連續三個禮拜每天都抓到大魚。」

「我記得，」老人說：「我知道你離開我並不是因為你覺得會抓不到魚。」

「是爸爸要我離開。我還是個孩子，我得聽爸爸的話。」

「我知道，」老人說：「這很正常。」

「爸爸不太有信心。」

「他沒有，」老人說：「不過我們有。不是嗎？」

「對，」男孩說：「我能請你到露臺酒店喝杯啤酒？然後我們再把這些東西搬回家。」

「幹嘛不去？」老人說：「打魚的和打魚的一起去。」

他們坐在露臺酒店，好些漁人取笑老人，他沒有發脾氣。另外還有一些比較老的漁人，看著他，替他覺得難過。不過他們沒有顯露出來，只是客氣地談論著海潮，他們放繩的深度，那持續穩定的好天氣，以及他們都看到了些甚麼。當天大有斬獲的漁人已經回來了，將他們捕到的馬林魚剖開，平放在兩塊木板上，每塊木板的一頭由兩個人抬著，蹣跚地走進魚房。在那裡等鋪著冰塊的卡車來將魚運到哈瓦那的市場去。那些捕到鯊魚的，則將鯊魚送到位於凹灣另一頭的鯊魚工廠，在那裡鯊魚被用滑車吊起來，將魚肝取走、魚翅割掉、魚皮剝開，魚肉切成一條一條準備用鹽醃起來。

每當吹東風時，總會從鯊魚工廠越過海港傳來一股味道；不過今天只有一層邊緣薄薄的臭氣，因為很快就轉成吹北風，之後風停息了，露臺酒店裡很舒服、充滿陽光。

「桑地牙哥。」男孩說。

「嗯。」老人說。他手持酒杯，正懷想著多年前的事。

「我去幫你弄些明天要用的沙丁魚餌好嗎？」

「不，你去打棒球吧。我還能划船，羅格里歐會幫我撒網。」

「我想去。如果我不能跟你去捕魚，至少我可以幫點別的忙。」

「你請我喝酒，」老人說：「你已經是個大人了。」

「你第一次帶我上船時我幾歲？」

「五歲，那次我太急著把魚拉上船，那魚還太有力氣，幾乎要把船給拆了，差點害你送命，還記得嗎？」

「我記得那魚尾巴拍來拍去、撞來撞去，船座裂了，還有木棒用力敲打的聲音。我記得你把我丟到船頭放濕釣線捲的地方，感覺到整艘船在顫抖，你敲他的聲音聽起來像是要砍倒一棵樹，甜腥的血味包圍著我。」

「你真的記得，還是聽我告訴你的？」

「我記得從我們第一次在一起的每件事。」

老人用帶著曬痕、自信與愛的眼睛看男孩。

「如果你是我兒子我會帶你出海賭一下，」他說：「但你是你爸你媽的兒子，而且你現在跟著一艘好運的船。」

「我去弄些沙丁魚來？我還知道哪裡可以弄到四隻餌魚來。」

「我自己有今天剩下的。我把他們用鹽醃了放在盒子裡。」

「讓我去弄四隻新鮮的來。」

「一隻。」老人說。他從來不曾失去希望與自信。然而現在希望與自信變得更新鮮，如同微風乍起之時。

「兩隻。」男孩說。

「兩隻，」老人同意了，「不是你偷來的吧？」

「我有時會偷，」男孩說：「但這些是我買的。」

「謝謝。」老人說。他太單純，單純到不會對自己的謙卑感到驚訝。不過他知道自己做到了謙卑，而且他知道謙卑沒甚麼羞恥的，也不會傷害真正的自尊。

「有這樣的洋流，明天會是個好日子。」他說。

「你要朝哪邊去？」男孩問。

「先去得遠遠的，等風轉向時回航。我要在天亮前就出航。」

「我會試著叫他也到遠處去捕魚，」男孩說：「那樣如果你鉤到了真正的大魚，我們可以過來幫忙。」

「他不喜歡到那麼遠的地方捕魚。」

「他不喜歡，」男孩說：「不過我會看見他看不到的，像是海鳥在抓魚，然後叫他走遠一點去追海豚。」

「他眼睛那麼差？」

「他差不多瞎了。」

「真奇怪，」老人說：「他從來沒有捕過海龜。那才是最傷眼睛的。」

「可是你在蚊子海岸外捕了好多年海龜，你的眼睛還是好好的。」

「我是個奇怪的老人。」

「可是你現在還夠強壯去抓真正的大魚嗎？」

「應該夠吧。而且有很多捕魚的訣竅。」

「我們來把東西搬回家吧，」男孩說：「我就可以去拿網，再去弄沙丁魚。」

他們從船上收拾了工具。老人將桅杆扛在肩上，男孩拿著木箱，箱裡有捲得緊緊的棕色釣線、魚鉤、帶柄的魚叉。放魚餌的箱子和木棒一起放在船尾，那木棒是當大魚被拉到船邊時用來制服他們的。沒有人會偷老人的東西，不過最好還是把船帆和粗釣線帶回家，沾到露水就不好了。雖然他很確定沒有當地人會偷他的東西，不過老人還是覺得沒有必要將魚鉤和魚叉放在船上誘惑人家。

他們一起沿著路走上去，到老人的小屋，從開著的門進去。老人將纏著帆的桅杆靠著牆放，男孩則將木箱和其他工具放在桅杆旁邊。桅杆幾乎和小屋的一個房間一般長。小屋是用大王椰子的堅實葉心，叫做guano的材料搭蓋起來的，裡面有一張床、一張桌子、一張椅子，以及在泥灰地上一個可以用炭火烹煮的地方。由纖維強韌的guano攤平了層層夾疊而成的褐色牆上，有一幅彩色的耶穌聖心像，另外還有一幅聖母像。這兩幅畫是他太太的遺物。原來牆上還有一幅他妻子的著色照片，後來被他拿下來了。看著那照片會讓他覺得太孤單。現在照片擺在牆角的架子上，在他洗好的襯衫下面。

「你有甚麼可以吃嗎？」

「一鍋放了魚在裡面的黃米飯。你要吃一點？」

「不，我回家吃。你要我幫你生火？」

「不，我等一下自己來。也許我就吃冷飯。」

「我能把漁網帶走？」

「當然。」

其實根本沒有漁網，男孩清楚記得甚麼時候漁網賣掉了。不過他們每天都這樣假裝。也沒有放了魚在裡面的黃米飯，男孩也知道。

「八十五是個幸運號碼，」老人說：「你要不要看我明天帶一尾超過一千磅的回來？」

「我拿走漁網然後去弄沙丁魚。你會在門口坐在陽光下？」

「對。我有昨天的報紙，我要看棒球的消息。」

男孩不知道昨天的報紙是真的還是假裝的。老人從床底把報紙拿出來。

「皮德里哥在酒店裡給我的。」他解釋。

「弄到了沙丁魚我就回來。我會把你的和我的一起放在冰上，明天早上我們可以一人一半。我回來時你可以告訴我關於棒球的事。」

「洋基隊不會輸的。」

「但是我怕克利夫蘭印第安人隊。」

「要對洋基隊有信心，孩子。想想偉大的狄馬喬。」

「我怕底特律老虎隊和克利夫蘭印第安人隊。」

「一不小心你會連辛辛那提紅人隊和芝加哥白襪隊都怕了。」

「你研究一下，等我回來時告訴我。」

「你覺得我們去買一張尾數是八十五的彩券好不好？明天是第八十五天。」

「我們可以買啊，」男孩說：「不過你的偉大紀錄八十七如何？」

「那不會有第二次的。你覺得你能找到一張八十五的？」

「我可以跟他們訂一張。」

「一張。那是兩塊半。我們能跟誰借？」

「這容易。我總是可以借到兩塊半的。」

「我想我大概也借得到。但我盡量不借。今天借，明天就去乞討了。」

「老頭你要穿暖些，」男孩說：「記得現在已經九月了。」

「大魚來的月份，」老人說：「如果是五月，誰都能當個漁夫。」

「我現在去弄沙丁魚來。」男孩說。

男孩回來時，老人在椅子上睡著了，太陽也下山了。男孩從床上拿了軍毯鋪在椅背和老人的肩膀上。奇特的肩膀，老了卻還很有力，脖子也很強壯，老人睡著了頭往前傾，皺紋看起來就沒那麼明顯。他的襯衫補了很多次，就像他的船帆一樣，而那些補丁被陽光曬了褪成許多不同顏色。但是老人的頭很老了，當他眼睛閉著臉上就沒有任何生命。報紙攤在他膝蓋上，他手臂的重量將報紙壓著沒有被晚風吹走。他光著腳。

男孩將他留在那裡，當他回來時，老人還在睡。

「醒醒，老頭。」男孩說，並將手放在老人的一個膝蓋上。老人張開眼睛，一時間他像正從很遠的地方回來。然後他笑了。

「你拿著甚麼？」他問。

「晚餐，」男孩說：「我們來吃晚餐。」

「我沒有很餓。」

「來吃吧，你不能光打魚卻不吃飯。」

「我有吃。」老人一邊起身將報紙摺起來一邊說。然後他開始摺毯子。

「把毯子披著吧，」男孩說：「只要我活著，就不會讓你光打魚不吃飯。」

「那麼就活久一點照顧自己，」老人說：「我們吃甚麼？」

「黑豆和米飯，炸香蕉，還有一些燉肉。」

男孩用雙層的金屬餐盒從露臺酒店帶過來的。兩組刀叉匙用紙巾包著在他口袋裡。

「這是誰給你的？」

「馬丁，老闆。」

「我一定要謝謝他。」

「我謝過他了，」男孩說：「你不用再去謝他。」

「我會給他大魚的肚肉，」老人說：「他不止一次這樣對我們好嗎？」

「應該是吧。」

「那我一定要在大魚肚肉外再多給他別的。他對我們很體貼。」

「他還給了兩份啤酒。」

「我最喜歡罐裝啤酒。」

「我知道，不過這些是瓶裝的，哈度伊啤酒，我會把酒瓶送回去。」

「你真好，」老人說：「我們來吃吧？」

「我一直在叫你吃啊，」男孩溫和地對他說：「你想吃了，我才要打開餐盒。」

「我現在想吃了，」老人說：「我只需一點時間洗一下。」

到哪裡洗一下？男孩想。鎮上供水的地方在兩條街外。我一定得弄水到這裡來給他，還有肥皂和一條像樣的毛巾，男孩想，我怎麼之前都沒想到？我一定要給他找一件襯衫，一件冬天用的夾克，隨便甚麼樣的鞋子，和另一條毯子。

「你這燉肉棒極了。」老人說。

「告訴我關於棒球的事吧。」男孩要求。

「就像我說的，在美國聯盟洋基最厲害。」老人高興地說。

「他們今天輸了。」男孩告訴他。

「那沒甚麼，偉大的狄馬喬恢復身手了。」

「隊上還有其他人。」

「當然。不過有沒有他才是真正的差別。另一個聯盟，在布魯克林和費城人兩隊之間，我一定選布魯克林[1]。不過我又想起迪克．西斯勒[2]和他在老球場的那些了不起的打擊表現。」

---

1 指的是「國家聯盟」（National League）的「布魯克林道奇隊」，這支「道奇隊」後來從紐約布魯克林搬到了洛杉磯，成為今天的「洛杉磯道奇隊」。

2 Dick Sisler，出生於著名的棒球家族，一九四八到五一年間效力於「費城人隊」。這裡桑地牙哥指的是一九五〇年球季的最後一場球賽，西斯勒在「布魯克林道奇隊」的主場打出了延長賽中的「再見全壘打」，使得「費城人隊」得以在睽違三十五年之後再度打入大聯盟季後賽。

「那真是前所未見。他打出了我看過的最遠的全壘打。」

「你還記得他以前常來露臺酒店？我很想邀他一起出海打魚，但我太膽小了不敢問。然後我叫你去問，你也同樣太膽小。」

「我知道。那真是個大錯。他有可能跟我們一起去。那麼我們就能記上一輩子。」

「我想要找狄馬喬一起出海打魚，」老人說：「聽說他爸爸是個漁夫。也許他從前也跟我們一樣窮，他能了解我們。」

「了不起的西斯勒的爸爸從來都不窮。他，西斯勒的老爸，我這個年紀時就在打大聯盟了。」

「你這個年紀時，我在一艘跑非洲的多帆大船上當水手，夜晚看過獅子在海灘上。」

「我知道，你告訴過我。」

「我們要談非洲還是談棒球？」

「我想還是談棒球吧，」男孩說：「跟我說偉大的約翰・J・麥克格羅。」他把J說成Jota[3]。

「他以前也常來露臺酒店。不過他一喝起酒來就很粗野、說話很兇、很難相處。他在乎棒球也在乎賽馬。至少他隨時在口袋裡放著那些馬匹的名單，而且經常在電話裡講那些馬的名字。」

「他是個了不起的總教練，」男孩說：「我爸爸認為他是最了不起的。」

「因為他來這裡最多次，」老人說：「如果杜若查[4]繼續每年都來這裡，你爸爸就會認為他是最了不起的總教練。」

---

3 應該是Joseph。

4 Leo Durocher，一九三八年到一九四六年擔任「布魯克林道奇隊」的總教練。

「那到底誰才是最了不起的總教練，路克[5]或麥克．岡撒拉[6]？」

「我覺得他們一樣了不起。」

「而你是最厲害的漁夫。」

「不，我知道有更厲害的。」

「才不呢[7]，」男孩說：「有很多好漁夫，有一些了不起的漁夫，不過只有一個你。」

「謝謝。你讓我很高興。我希望不要碰到那麼了不起的大魚把我打敗，證明我們錯了。」

「只要你仍然像你說的那麼強壯，就不會有能把你打敗的大魚。」

「也許我不如自己想像的那麼強壯了，」老人說：「不過我懂很多訣竅，而且我有決心。」

「你現在該去睡覺了，明早才會有精神。我把東西拿回露臺酒店去。」

「那麼晚安了，早上我會叫你。」

「你是我的鬧鐘。」男孩說。

「年紀是我的鬧鐘，」老人說：「為什麼老人都那麼早醒？為了要讓一天長一點嗎？」

「我不知道，」男孩說：「我只知道年輕男孩睡得晚又睡得熟。」

「我記得那種睡法。」老人說：「時間到了我會叫醒你。」

「我不喜歡他來叫我，好像我比他低一級似的。」

---

5 Dolf Luque，古巴出生的傳奇棒球選手，是最早到美國大聯盟發展的古巴人。一九四一年到一九四五年擔任「紐約巨人隊」的教練。

6 Mike Gonzalez，另外一位早期到美國大聯盟發展的古巴選手，曾經擔任過「聖路易紅雀隊」的教練。實際上，Dolf Luque和Mike Gonzalez都沒有做過總教練，但因為他們都是古巴人，所以在老人和男孩心中，地位崇高。

7 原文是「Qué va」，西班牙語，是男孩的口頭禪，書中第二十六頁又出現一次，海明威保留西語原樣，提醒讀者書中的事發生在古巴，不是美國。

「好好睡，老頭。」

「我知道。」

男孩出去了。他們在沒有燈的情況下吃了飯，老人脫下褲子，在黑暗中上床。他把褲子捲起來當枕頭，報紙塞在裡面。他將自己捲在毯子裡，躺在另外一些蓋住床墊彈簧的報紙上。

他很快睡著了，他夢見非洲，他還是個男孩，夢見長長的金色海灘，還有白色海灘，白到刺眼，還有高高的岬角，還有褐色的大山。現在他每晚都住在那岸邊，在他的夢中他聽見海浪呼嘯並看見土著的船穿浪而過。睡夢中他聞到甲板上瀝青和碎布條的味道，他聞到早晨微風從陸地帶來的非洲的味道。

通常當聞到陸地來的微風時，他就醒來穿好外出的衣服，去叫男孩。但今晚陸地微風的味道來得很早，在夢中他知道太早了，就繼續做夢，看見群島從海中浮起時露出的白頂，然後又夢見了加納利群島的不同海港和海上定錨點。

他不再夢見暴風雨，也不再夢見女人，不再夢見重要事件，不再夢見大魚、打架、比力氣，也不再夢見他太太。他只夢見當下的地方和海灘上的獅子。暮色中他們像小貓一般玩耍，他愛那些獅子如同他愛那個男孩。他從來不曾夢見過和男孩有關的事。他就這麼醒來了，從開著的門看出去看見月亮，把捲著的褲子打開來穿上。他在屋外小便，然後走一段上坡路去叫男孩。在清晨的冷冽中他微微顫抖著。不過他知道顫抖會帶來暖意，一會兒他就能划船了。

男孩住的房子房門沒有上鎖，他打開門，靜靜地光腳走進去。男孩睡在第一個房間裡的吊床上，藉由殘月透進來的光，老人可以清楚看見男孩。他輕輕抓住男孩的一隻腳直到男孩醒了，轉過身看他。老人點點頭，男孩從床邊的椅子上拿來褲子，坐在床上把褲子穿好。

老人走出門，男孩跟著他。他還很睏，老人摟摟他說：「對不起。」

「才不呢，」男孩說：「本來就該起床的。」

他們沿路走下來回老人的小屋。一路上，黑暗中，赤腳的人們移動著，扛著他們的船桅。

到了小屋，男孩拿起裝在籃裡的魚線捲、魚叉、魚鉤，老人將上面捲了帆的船桅扛上肩。

「你要喝咖啡嗎？」男孩問。

「我們把東西放上船，然後去喝點。」

他們在一個清晨服務漁人的地方，喝了裝在煉乳罐裡的咖啡。

「你睡得好嗎，老頭？」男孩問。他慢慢醒來了，雖然還是很難徹底離開睡眠狀態。

「很好，馬諾林。」老人說：「我今天很有自信。」

「我也是，」男孩說：「我現在得去拿你的沙丁魚，還有我的，和你的新鮮餌魚。他會自己拿我們的東西來。他從來不要別人拿。」

「我們不一樣，」老人說：「你五歲我就讓你拿東西了。」

「我知道，」男孩說：「我會回來。再喝一點咖啡。我們可以在這裡賒帳。」

他走開了，赤腳走在珊瑚礁上，去存放魚餌的冰屋。

老人慢慢地喝他的咖啡。他一整天就只吃這個，他知道他應該吃。很長一段時間以來他厭倦於吃東西，他從來不帶午餐。在船頭他有一瓶水，那就是他一整天僅需的。

男孩帶著沙丁魚和兩包用報紙包著的餌魚回來了。他們沿著小徑走向船，感覺到腳底下夾著小石頭的砂地。他們把小船抬起來，滑放進水裡。

「祝你好運，老頭。」

「祝你好運。」老人說。他將船槳上的繩索套綁住槳架，上身前傾抗拒槳片入水的阻力，他開始將船划出海港，在黑暗中。有其他的船從別處海灘出海，雖然此時月亮落在山後了，老人看不見他們，卻聽得到他們船槳入水和推水的聲音。

有時候有人會在船上說話。不過大部分的船除了落槳聲外都是靜默的。出了港灣口，船就散開，各自朝向認為能找到魚的地方划去。老人知道他要去得遠遠的，把陸地的味道留在身後，划入乾淨的清晨大海味道中。他看見馬尾藻在水中發出的燐光，當他划經漁人們稱為「大井」的水域。這裡水深突然增加到七百噚，因為洋流沖刷海底峭壁造成了漩渦，而有各種魚類聚集。這裡有蝦群，有適合做餌的魚，有時有烏賊群在最深的洞中。這些水族夜晚會升到靠近水面，所有洄游的魚就過來捕食他們。

黑暗中老人能夠感覺到早晨正在接近，一邊划他一邊聽著飛魚離開水面的顫抖聲，以及他們在黑暗中飛遠時硬翅破空的嘶嘶聲。他很喜歡飛魚，視他們為他在海上最主要的朋友。他替鳥感到難過，尤其是那種纖細的暗色燕鷗，總是在飛在找卻幾乎從來不曾找到，他想：除了靠打劫為生的鳥和那種特別大型強壯的鳥之外，一般的鳥活得比我們還辛苦。為什麼他們要將像海燕那樣的鳥造得那麼精緻細膩，明明大海是那麼殘酷啊？她很親切又很美。但她可以突然變得那麼殘酷，那些一邊飛一邊點水一邊獵魚的鳥，帶著微小哀傷的叫聲，實在精緻得不適合大海。

他總是將大海想成la mar，用陰性冠詞在前面，在西班牙語中，人們愛海的時候就這樣叫她。有時候愛她的人也會說她的壞話，不過他們總是把她當作女性來說。有些年輕漁人，那種拿浮筒來當釣線浮標，靠著鯊魚肝賣到好價錢買了汽艇的年輕人，他們會用el mar，陽性的屬性來稱呼她。他們把她視為一位競賽對手、一個地方或甚至一個敵人。不過老人總是將她想成女性，可以給予或收回恩寵的，假使她做了甚麼狂野或邪惡的事，那也是因為她不由自主。和女人一樣，她也受月亮影響，他想。

他穩定地划著，一點都不吃力，因為他保持著低於平常的速度，而且除了偶爾出現的海流漩渦之外，海面很平穩。他讓海流幫忙分擔了三分之一的工作，當晨光開始亮起，他發現自己已經比原先預想此時該到的地點划得更遠了。

他想：我在深井這一帶努力了一個星期，甚麼都沒得到。今天我要到鰹魚和青花魚群聚集的地方去工作，或許在他們中間會有一條大魚。

天光大亮之前，他拿出了魚餌，讓船隨洋流漂盪。一個魚餌放下到四十噚。第二個魚餌放到七十五噚，第三第四深入藍色海水中一百噚和一百二十五噚。每個餌都是將頭朝下，鉤柄放進餌魚中，緊緊綁好縫好，魚鉤凸出來的部分，彎曲與尖刺，都用新鮮的沙丁魚包住。

每尾沙丁魚都用鉤子穿過雙眼，一尾尾在凸出的鋼鐵上排開，看起來像半個花圈。這魚鉤對大魚來說沒有一個部位不是香甜可口的。

男孩給了他兩尾新鮮的小鮪魚，也有可能是青花魚，他拿來綁在兩條最深的釣線上，像鉛墜似的。其他釣線上綁的是之前用過的一尾大青鰺和一尾金銀魚，不過這兩尾狀況都還很好，而且可以靠沙丁魚增添香味和吸引力。每一條釣線有鉛筆那麼粗，繞上一根剛曬乾的樹枝，餌上有任何動靜，樹枝就會往下沉。每條釣線都是兩捆四十噚長的線捲，而且可以快速接上另外的備用線捲，需要時，一條魚可以拉出超過三百噚長的釣線。

現在老人注視著小船一邊的三根枝子，慢慢地划動船讓釣線保持垂直在各自的適當深度。周遭已經很亮了，太陽隨時可能升起。

陽光薄薄地從海上升起，老人看見了其他船，在水面低處，很靠近海岸的地方，跨越洋流散布著。然後太陽愈來愈亮，水上有了反光，然後當太陽完全升到海平面上，海面將陽光射進他眼裡，眼睛劇痛，他避開不看陽光向前划。他朝下望進水中，看著直直降入水之黑暗的釣線。他的釣線比任何人的都直，因而在水流黑暗中每一個深度、在他要的地方，都有一個魚餌準確地在那裡誘引著游過的魚。其他人讓魚餌隨洋流漂盪，因而有時他們以為魚餌在一百噚深，事實上魚餌卻在六十噚處。

他想：然而我將魚餌放得準確，只是運氣不再眷顧我。但是誰知道呢？也許就是今天。每天都是新的一天。最好運氣來。不過我寧可準確。這樣運氣來時你就有準備了。

太陽現在爬高了兩小時，往東看不再讓他眼睛痛了。視野範圍內現在只有三艘船，他們在水面很低處，很靠近海岸。

一生中，剛升起的陽光老是刺痛我的眼睛，他想。不過它們還是好得很。黃昏時，我可以直視太陽都不會看到黑影。黃昏太陽還更強。但早上太陽很刺。

這時候他看到一隻軍艦鳥張著黑色的長翼在他前面的天空盤旋。那鳥快速下降，翅膀後掠斜落，然後又恢復盤旋。

「他找到了甚麼，」老人大聲地說：「他不只是看看。」

他慢速且穩定地將船划向那鳥盤旋的區域。他不趕，一直維持釣線垂直。不過他前進的速度比洋流快一些，若不是要利用那隻鳥，他不會在放下釣線後移動得那麼快，不過仍然堅持以對的方式釣魚。

那鳥在空中飛高了些，再度盤旋，他的兩翼維持不動。然後他急速下降，老人看見飛魚從水中躍射出來，拚命地飛過海水表面。

「海豚，」老人大聲地說：「大海豚。」

他擱下了槳，從船頭下取出一條小釣線。那線前面有鐵絲綁住一個中等大小的魚鉤，他在魚鉤上鉤了一隻沙丁魚作餌，把它放入船的側邊，固定在船尾的環栓上。然後他又在另一條釣線上設餌，讓它在船頭的陰影下捲曲放著。他重新拿起槳來划，繼續看那隻有著長翅膀的黑鳥，鳥此刻飛得很近水面在尋找魚蹤。

就在他盯著看時，那鳥再度後掠雙翅衝下來，然後狂亂且徒然地搧動翅膀追逐飛魚。老人看得見大海豚尾隨逃走的魚時在海上造成的些微隆起。海豚在水面下加速穿過散逃的魚群，這樣當飛魚落下時，他們剛好等在那裡。那可真是一大批海豚，他想。他們分散在很廣的範圍，飛魚沒有甚麼機會逃得掉。那鳥也沒有機會。飛魚對他來說太大了，又飛得太快。

他望著飛魚一次又一次冒出水面，以及那鳥徒勞無功的行動。這一群已經離我而去了，他想。他們游得太快，又太遠了。不過也許我可以撿到一隻沒跟上隊的，也許我的大魚就在他們周圍。我的大魚一定在某個地方。

這時雲在陸地上如山般升起，海岸線只剩下一條綠色細線，後面是青藍色的山丘。海水現在是深藍色的，深到幾乎成了紫色。他朝下看，看見浮游生物在幽暗海水中散落出的紅色，以及太陽現在照出的奇異光線。他望著釣線，看見它們直直地消失在海水中，看到那麼多浮游生物讓他高興，那意味著會有魚。現在太陽更高了，陽光照射在水中的奇光，意味著好天氣。陸地上雲的形狀也是。不過那鳥幾乎都看不見了，水面上沒東西，除了幾塊被陽光曬褪色的黃色馬尾藻，和一隻靠近船邊的大水母，有著紫色、裝模作樣、虹暈、膠質的囊袋。大水母偏向一邊，然後又轉正了。它愉快地像一顆氣球般漂浮著，帶著致命毒液的紫色長鬚在水中拖了一碼長。

「Agua mala[8]，」老人說：「你這婊子。」

從槳輕划的地方往水中看下去，他看見和拖尾長鬚類似顏色的小

8　原意是「壞水」，源自葡萄牙語，特別用來指稱這種水手討厭的大水母。

魚，在長鬚之間及囊袋氣泡漂浮時產生的暗影裡泅游。他們不怕水母的毒液。但人會怕。有時水母長鬚攀上了釣線，黏黏的、紫色的，留在那裡，當老人釣魚時就會在臂上、手上出現一塊塊、一條條的紅腫傷口，就像碰到了毒藤或毒橡樹會有的那種。不過agua mala中毒，症狀來得更快，像是挨了一鞭似的。

帶著虹暈的氣泡很漂亮。不過它們是海上最虛偽的東西，老人喜歡看到大海龜把它們吃掉。大海龜看到它們，從正面靠近，然後閉起眼睛讓全身都受到殼的保護，將它們從囊袋到觸鬚統統吃進去。老人愛看海龜吃它們，也喜歡在暴風雨後的海灘上用他長滿老繭的腳底踩它們，聽它們被踩破時發出的聲音。

他喜歡綠蠵龜和玳瑁，喜歡他們的優雅、速度，以及值錢。對於又大又笨的紅海龜，老人帶著一份友善的輕蔑，他們有黃色的龜殼，奇特的做愛方式，愉快地閉起眼睛來吃掉大水母。

他對海龜沒有迷信，儘管在捕龜船上工作了好些年。他替所有的海龜感到難過，包括巨大的，像小船一樣長，重達一噸的棱皮龜。大部分的人都殘忍對待海龜，因為海龜被切開來殺了，心臟都還繼續跳動好幾小時。可是老人想：我也有那樣的心臟啊，而且我的腳我的手也很像海龜的四肢。為了讓自己強壯，他吃白色的海龜蛋。一直到五月，他都吃海龜蛋，以便到了九月、十月要捕真正的大魚時夠強壯。

他還每天喝一杯鯊魚肝油。在許多漁人放工具的小屋裡有一個裝鯊魚肝油的大桶，想喝的人就可以去喝。大部分漁人都討厭那個味道。不過那味道討人厭的程度，不會超過漁人需要摸黑早起這件事吧。何況鯊魚肝油可以防治傷風、流行性感冒，又有益於眼睛。

這時老人抬頭，看到那鳥又在盤旋了。

「他找到魚了。」他大聲說。沒有飛魚破水而出，餌魚也沒有動靜。然而老人看著餌魚時，一尾小鮪魚浮升出水面，翻個身，又頭朝下回到水中。陽光下，鮪魚閃著銀亮，在他落回水中後，又一尾又一尾升起來，他們在各個方向跳躍，翻攪著海水，追逐著餌魚長跳。他們繞著餌魚、推著餌魚。

如果他們不要游那麼快，我就可以抓他們了，老人想。他看著那群鮪魚將水面攪成白色，看著那鳥這時不斷點水啄食驚慌中被迫浮上來的餌魚。

「這鳥是個好幫手，」老人說。此刻在他腳下纏繞了一圈的船尾釣線繃緊了，他放掉了槳，拉緊釣線往內收，可以感覺到那隻小鮪魚抖動的拉力。每多收一點，那抖動就多一分，他看得見那魚在水中的藍背，在他將魚從船側拉上來甩入船內時，看到了魚身的金亮。他躺在船尾，陽光下，結實、子彈般的形狀，勻稱、快速搖擺的魚尾拚命重擊船板，大大的、蠢蠢的眼神凝視著。出於同情，老人給了他頭上一擊，又踢了他一下，他的身體還在船尾的陰影中抖動著。

「大青花，」他大聲說：「他可以拿來做漂亮的餌。他有十磅重。」

他不記得從什麼時候開始，只要一個人就自言自語。從前獨自一人時他就唱歌，在漁船上或捕龜船上夜裡獨自值班管舵，他有時會唱歌。他八成是在男孩離開後，養成了一個人的時候大聲自言自語的習慣。但他不記得了。當他和男孩一起捕魚時，他們通常只在需要時說話。他們在夜裡或遇到壞天氣困在暴風雨裡時交談。在海上，非必要就別多說被視為美德。老人向來認同也尊重這樣的看法。但現在他一再大聲說出自己的想法，反正船上也沒人會被吵到。

「要是別人聽到我大聲說話，他們會覺得我瘋了。」他大聲說：「但既然我沒瘋，我不在乎。有錢人有無線電，在船上無線電可以跟他們講話，還可以給他們棒球消息。」

現在不是想棒球的時刻，他想。這是只能想一件事的時刻。我為此而生的那件事。在那魚群周圍可能有條大魚，他想。我只從覓食的大青花魚中撿了一尾落單的。他們這時在遠處快速覓食。今天水面顯現的每樣東西都游得很快，而且都朝向東北去。是因為這個時辰的緣故，還是我不曉得的天氣變化徵兆？

他現在看不到海岸線的綠色了，只看到藍色山丘的白頂，好像覆蓋了雪似的，以及上面如同更高的雪山般的雲朵。海很暗，光線射入水中折射出七彩來。眾多的浮游生物群在升高的太陽映照下不見了，老人當下只看得到藍色海水中廣大深邃的七彩屈光，屈光旁邊是他的釣線，直直地進入水中一哩深。

鮪魚又都到下面去了，漁人管那類的魚都叫做鮪魚，只有到要買賣或拿他們來換餌時才更精確地分辨究竟是哪種魚。這時陽光很熱了，老人感覺到陽光曬在後頸上，也感覺到划船時汗珠沿著背往下滴。

他想：我可以讓船漂著，睡一覺，用釣線在腳趾上綁一圈，釣線動了就會醒來。不過今天是第八十五天，我得好好釣魚。

就在此刻，盯著釣線，他看到其中一根突出的綠樹枝急遽下沉。

「有了，」他說：「有了。」他讓槳從船側收上來，小心不碰撞船身。他伸手拉那條釣線，輕輕地捏在右手大拇指和食指間。他沒有感覺到任何拉力或重量，所以輕輕捏著。然後釣線又動了。這回是試探性的一拉，不結實也不重，但他馬上知道那是什麼。在一百噚下，有從鮪魚頭餌裡探出來的手工魚鉤，一尾馬林魚正在吃包住魚鉤柄和魚鉤尖的沙丁魚。

老人小心地握住釣線，然後輕輕地用左手將釣線從桿上解下來。現在他可以讓釣線滑過指間，底下的魚卻不會感受到任何拉扯。

離岸這麼遠的地方，在這個月份，他一定超大，他想。吃吧，魚，吃吧，請吃。他們多新鮮啊，而你在那裡，六百呎的黑暗冷水中。在黑暗中轉個身再回來吃吧。

他感覺到輕巧、細緻的拉力，然後來了較重的一拉，想必沙丁魚頭沒那麼容易從魚鉤上扯下來吧。然後，沒有動靜了。

「來啊，」老人大聲地說：「再轉個身。聞聞看，他們很可愛吧？把他們吃完了，還有鮪魚。又硬又冷又可愛。別害羞，魚啊，吃吧。」

他將釣線拉在拇指和食指間，等著，同時盯著其他條釣線，因為那魚有可能游上游下。然後，同樣的細緻拉扯觸覺又來了。

「他會吞下去，」老人大聲說：「上帝保佑他吞下去。」

不過，他沒有吞下去。他走了，老人手上沒有任何感覺了。

「他不可能走掉，」他說：「耶穌基督知道他不可能走掉。他在轉身。也許他之前被勾過，他還記得。」

然後，他感覺到釣線上的微觸，他高興了。

「他只是繞了一圈，」他說：「他會吞下去的。」

他很高興地感受著微微的拉力，然後他感受到一股強烈拉扯，重得令人難以置信。那是魚的重量，他讓釣線往深處墜，墜，墜，放掉兩捆備用線捲的第一捲。釣線從老人指尖往下走時，儘管拇指和食指幾乎完全沒有用力，他仍然可以感受到巨大的重量。

「多大的魚啊，」他說：「魚鉤現在打橫在他嘴裡了，他帶著魚鉤離開。」

然後他會翻身將餌吞下去，他想。他沒說出口，因為他知道一旦先講出來，好事可能就不會發生了。他知道這真是條大魚，想像著他嘴裡橫梗著鮪魚在黑暗中遊走。此刻他感覺到魚停了，但那重量還在。接著重量增加了，他再多放了些釣線。他短暫地將拇指和食指夾緊了些，重量增加了，直直往下墜。

「他吞下去了，」他說：「現在該讓他好好吃一下。」

他任釣線從手指間滑過，一邊伸長左手，將兩捆備用釣線捲的線頭，接上隔壁那條釣線的兩捆備用釣線捲。這樣他就準備好了。現在除了正在用的這捆之外，他還有三捆四十噚長的備用釣線。

「再吃一點，」他說：「好好享用。」

吃到讓魚鉤尖端刺進你的心臟殺了你，他想。乖乖地浮上來，讓我用魚叉叉你。很好。你準備好了嗎？你這頓飯吃得夠久了嗎？

「就是現在！」他大聲說，用雙手猛力一拉，收進一碼的釣線，然後再一拉、再拉，兩臂用盡力氣在釣線上前後輪流擺動，還加上身體的重量。

沒有用。那魚繼續慢慢游走，老人甚至沒辦法把他拉上一吋。他的釣線很結實，是專門用來釣大魚的，他把釣線背到背上，線拉得很緊，緊到有水珠從線裡擠蹦出來。然後釣線開始在水中發出低微的嘶嘶聲，他仍然緊握著，將自己撐在座板上，為了抵抗魚的拉力而向後仰。船開始慢慢動起來，朝西北方而去。

那魚穩定地前進，拉著老人一起在平靜的海面移動。其他的餌還在水裡，但老人甚麼事也做不了。

「真希望男孩在，」老人大聲地說：「我被一條魚拖著，我變成一根纜柱了。我可以把線綁死，但那樣線會被他拉斷。我必須盡力掌握他，給他他需要的線。上帝保佑，還好他是往前而不是往下游。」

如果他決定往下游，我怎麼辦？我不知道。如果他墜到海底死了，我也不知道該怎麼辦。但我總會做些甚麼。有很多事我可以做。

他把線背在背上，看著線在水中的斜度。船不斷持續地朝西北移動。

這樣會要他的命，老人想。他不可能一直這樣下去。然而四小時過去了，那魚卻還是繼續朝著外海穩定游著，拉著船，老人還是背著釣線實實在在撐著。

「釣到他的時候是中午，」他說：「到現在我一次也沒看到他。」

釣到這條魚之前，他將草帽重重地拉下來，現在草帽割痛了額頭。他也很渴，他跪下來，小心不要猛拉釣線，盡量靠近船頭，伸長一隻手拿水瓶。他打開水瓶喝了一點水。然後他靠著船頭休息。他坐在沒立起來的船桅和船帆上休息，試著甚麼都不要想，只是忍受著。

然後他回頭看，陸地完全看不見了。那沒甚麼差別，他想。我總是可以靠著哈瓦那的燈光回航的。日落前還有兩小時，說不定他會在那之前浮上來。如果沒有，說不定他會隨著月光浮上來。如果沒有，說不定他會在日出時浮上來。我沒有抽筋，覺得自己很強壯。是他，而不是我，嘴裡有個魚鉤。不過，這魚真了不起，這麼能拉。他一定用嘴緊緊地咬住鐵絲。我真想看看他。我真想就看他那麼一次，曉得究竟我的對手長甚麼模樣。

老人觀察星星，看來那魚整夜都沒有改變他的路線、他的方向。

日落後變冷了，老人的汗水冰冷地在背上、臂上、腿上乾了。白天時他曾將蓋魚餌箱的布袋攤開來在太陽下曬乾。日落之後他將布袋綁在脖子上罩住他的背，小心地將布袋塞到這時背在他肩膀上的釣線下面。布袋墊著釣線，他也找到了一種向前靠住船頭的方式，他舒服多了。那姿勢其實只是比較沒那麼難以忍受而已，但他覺得這樣就舒服多了。

只要他一直保持這樣，我就不能拿他怎樣，他也不能拿我怎樣，他想。

有一次，他站起來到船舷邊小便，並且觀察星星檢查自己的航程。釣線看起來像是從他肩膀伸入水中的一道燐光。魚和他現在移動得比較慢了，哈瓦那的燈光沒那麼強烈，所以他知道洋流正在將他們帶往東邊。如果哈瓦那的光亮看不見了，我們一定到了更東邊，他想。因為如果那魚的方向繼續維持，我應該還可以看著那光好幾小時。我好奇大聯盟棒球今天的結果如何，他想。如果在目前狀況下有台收音機就好了。然後他想，要一直想著這件事，想著你正在做的事。你不可以做出任何蠢事來。

然後他大聲說：「要是男孩在就好了。來幫我並瞧瞧這個。」

人年老時不該孤獨，他想。但這是無可避免的。我一定得記得在鮪魚壞掉前把他吃掉來維持力氣。要記得，不管你多麼不想吃，早上都一定要吃鮪魚。要記得，他告訴自己。

夜裡有兩隻瓶鼻海豚過來繞著船，他可以聽見他們打滾、噴水。他聽得出雄海豚吵鬧噴水聲和雌海豚輕嘆噴水聲的不同。

「他們很好，」他說：「他們玩、開玩笑，彼此相愛。和飛魚一樣，他們也是我們的朋友。」

然後他開始同情他釣到的那隻了不起的魚。他很棒又很怪，沒人知道他多大年紀，他想。我從來沒釣到過這麼強悍的魚，也沒碰過行為這麼怪的。也許他太聰明了所以不跳。他如果跳起來，或是瘋狂地衝過來，可以要了我的命。不過或許他以前被釣過很多次，他知道應該用這種方法來抵抗。他不曉得他的對手只有一個人，更不知道他是個老人。但他真是尾了不起的魚，如果他的肉夠好，在市場上可以賣多少錢！他吞餌的方式像雄的，他拖船的方式像雄的，他毫不驚慌地戰鬥。我好奇他有什麼計畫，還是只不過跟我一樣情急拚命？

他記得有一次他釣到了一對馬林魚中的一隻。雄魚總是讓雌魚先獵食，被鉤住的雌魚狂亂、驚惶、絕望地奮鬥，很快就精疲力竭了。整個過程間，雄魚一直陪著她，越過釣線，在水面上繞著她游。他靠近到老人擔心他會用他那像鐮刀般銳利，也和鐮刀同樣大小同樣形狀的尾巴割斷釣線。老人用魚叉叉住她，敲擊她，握住她那邊緣像砂紙一樣粗的劍型長喙，用木棒打她頭頂，直到她變成類似鏡子背面般的顏色，然後在男孩的協助下，把她抬上船，雄魚都留在船邊。然後，當老人在清理釣線、準備魚叉時，雄魚在船邊高高跳起來看雌魚在哪裡，再落入海中深處，他淺紫色的雙翼，那是他的胸鰭，張開著，顯現出他身上所有的淺紫色條紋。他真美，老人記得，而且他一直留在雌魚身邊。

那是我在魚身上看過最悲哀的事，老人想。男孩也覺得很難過，我們請求她原諒，快快地把她切開來。

「真希望男孩在這裡。」他大聲說，讓自己靠在船頭彎圓了的船板上，從他背在肩膀上的釣線感受到那魚的力量，朝向他選擇的方向穩定前進。

自從上了我的當之後，他必須要有所選擇，老人想。

他的選擇是留在黑暗深水裡，遠離所有的羅網、陷阱、詐術。我的選擇是到那裡，在沒有人的地方，找到他。我們從中午開始就結合在一起了。沒有人來幫我，也沒有人幫他。

也許我不該當個漁人，他想。可是我生下來就是要當漁人的。我一定要確實記得天亮後吃那隻鮪魚。

天亮之前，有東西吞了拖在後面的魚餌。他聽到樹枝折斷，那條釣線開始越過小船舷邊向外急拉。在黑暗中他將小刀從鞘裡抽出來，用左肩承受大魚的全部力量，往後傾斜，墊著船舷木板將那條釣線切斷。然後他又切斷了最靠近他的另一條釣線，在黑暗中把那條釣線的備用線捲也接過來。他腳踩著線捲固定住，靈巧地用一隻手將線頭綁緊。這下子他就有六捆預備線捲了。兩捲各來自他切斷的兩條釣線，另外兩捲來自大魚咬的這條釣線，六捲備用線都接綁在一起了。

天亮之後，他想，我會到後面把四十噚的那條釣線也切斷，將那兩捆備用釣線也接過來。我會損失兩百噚的加泰隆尼亞好釣線、鉤子和樹枝。那些再換補就有了。但要是釣到了其他魚卻丟了這條大魚，那可就沒處換補了。我不知道剛剛吞餌的到底是條甚麼樣的魚。可能是馬林魚，或旗魚，或鯊魚。我從頭到尾沒有感覺到他，我必須趕快讓他走，快得來不及感覺。

他大聲說：「真希望男孩在這裡。」

不過你身邊沒有男孩，他想。你只有自己，你最好現在到後面，不管天暗還天亮，把那條釣線切斷，接上那兩捆備用釣線。

他就去做了。在黑暗中很難做，一度那魚暴衝了一下，他臉朝下被拉倒了，在眼睛底下割破了一道傷口。血沿著臉頰流下了一小段距離，還好在流到下巴前就凝固了。他移動回船頭靠著船板休息。他調整了布袋的位置，小心地讓釣線拉在肩膀上不同的部位，等釣線在肩上定著了，他仔細地感覺那魚的拉力，再用手在水裡測探船航行的速度。

我好奇他幹嘛那樣突然一衝，他想。應該是鐵絲在他的大背丘上滑了一下。當然他的背不會像我的背那麼痛。不過他不可能永遠這樣拉著小船跑，不管他多了不起。現在所有可能惹麻煩的因素都清除掉了，我有很大一堆備用釣線，一個漁人所需要的我都有了。

「魚，」他柔柔卻大聲地說：「到死我都會跟著你。」

他也會一直跟著我，我猜，老人想，一邊等著天光顯現。天明之前的時刻很冷，他藉用力壓靠船板來取暖。他能撐多久我就能撐多久。他想。第一道天光中可以看見釣線拉出去沒入水中。船穩定地前進，太陽最早的光芒升起，是在老人的右肩部位。

「他朝北方去。」老人說。洋流會讓我們偏向東邊，他想。希望他會轉向跟洋流一致。那就表示他累了。

太陽再升高一點時，老人意識到那魚還沒累。只有一個稍稍有利的跡象。從釣線傾斜的角度看，他上來了一點，不再像之前一樣游得那麼深。那不保證他就會跳上來。但他可能會跳。

「願上帝叫他跳，」老人說：「我有夠長的線可以應付他。」

要是我讓線繃緊一點，他會因為覺得痛就跳了，他想。現在是白天，讓他跳出水面，背脊兩邊的魚膘裡就會充滿空氣，那樣他就不會沉到深水裡死掉了。

他試著將線繃緊一點，不過自從釣到這條魚，線就一直繃緊到幾乎要斷掉的程度。他往後靠拉線，用手感受了一下釣線的緊度，知道不能再加力道在線上了。我絕對不能猛拉，他想。每次猛拉就會加大魚鉤製造的傷口，如果傷口太大了，等他跳出水面時，魚鉤可能會被拋掉。無論如何，有太陽感覺好多了，而且我還不必直直對著陽光的來向。

釣線上黏著黃色的海草，老人很高興，他知道那會增加對魚的拉力。那就是夜晚發出那麼亮的燐光的馬尾藻。

「魚，」他說：「我非常愛你也非常尊敬你，但在這一天結束前我會殺死你。」

讓我們如此期待，他想。

一隻小鳥從北邊飛近小船。他是一隻會唱歌的鳥，在水上低低地飛。老人看得出來他很累了。

那鳥飛到船尾，在那裡歇著。然後他繞飛過老人的頭，停在釣線上，這樣他比較舒服。

「你幾歲了？」老人問那鳥：「這是你的第一趟旅程嗎？」

他說話時那鳥看著他。那鳥太累了，累到甚至沒有檢查一下釣線，他細緻的腳緊緊抓住釣線，身子在上面搖晃。

「那很穩，」老人告訴他：「那太穩了。經過無風的一夜，照理說你不該那麼累才對。鳥兒終將遇到甚麼？」

老鷹，出海來找他們的老鷹，他想。不過他沒有告訴小鳥，他反正不會了解，而且他很快就會知道關於老鷹的事了。

「好好休息，小鳥，」他說：「然後去碰運氣，就像所有的人、所有的鳥、所有的魚一樣。」

他藉說話鼓舞自己，因為他的背在夜裡僵硬了，現在真的很痛。

「如果你願意，可以留在我的屋裡，鳥兒，」他說：「很抱歉我沒辦法把帆張開，讓你隨著正在升起的微風一同走。不過我有個朋友陪著我了。」

就在此刻，那魚突然一動，把老人拖向船頭，要不是趕緊挺住並放掉一點釣線，他很可能就被從船上拖翻下水了。

釣線移動鳥就飛起來了，老人甚至沒看到他飛走。他用右手小心地摸了摸釣線，才注意到自己的手上在流血。

「有甚麼讓他痛了。」他大聲說，將釣線往後拉，看能不能拉轉那魚。當他拉到線快斷掉了，他握穩了線，讓線回復原來的緊度。

「你現在感覺痛了吧，魚，」他說：「老天知道，我也是。」

他張望著尋找鳥兒的蹤影，因為他想要鳥兒陪伴。但鳥兒飛走了。

你沒待多久，老人想。你要走的路程更艱辛，一直到岸上才能休息。我怎麼會讓那魚那麼一拉就傷了我呢？我真的變得很笨。要不然就是我在看那隻小鳥，心思用在他身上了。現在我會注意我的工作，然後我得吃那隻鮪魚了，才不會沒有力氣。

「真希望男孩在這裡，也希望有點鹽巴。」他大聲說。

將釣線上的重量移到左肩上，小心地跪下，他在海水中洗手，並且把手浸在水裡超過一分鐘，看著血跡拉長，也看著水隨著船的運動拍打他的手。

「他比之前慢多了。」他說。

老人很想把手留在鹹水中再久一點，但他擔心萬一那魚會又突然猛力一拉，所以他就站了起來，將自己撐住，抬起手來對著太陽。不過就是一個被線磨破了的傷口。不過傷在手上工作的位置。他知道在這一切結束前，他會需要自己的手，很不喜歡重頭戲還沒開始就受傷了。

「現在，」他一邊晾乾他的手一邊說：「我得吃那尾小鮪魚了。我可以用魚鉤把他拉來，在這裡舒舒服服地吃。」

他跪下來用魚鉤在船尾下找到了那隻鮪魚，把它拉過來，沒有碰到釣線捲。他又用左肩背著釣線，在左手和左臂上繞一圈，然後把鮪魚從魚鉤上取下來，再將魚鉤放回原處。他用一邊膝蓋壓住魚，切下好幾條從魚頭到魚尾的細長形暗紅色魚肉。那是兩頭尖中間胖的條狀，他從魚背脊一路切到魚肚邊緣。切下六條後，他將魚肉條放在船頭的木板上，在褲子上把刀抹乾淨，把鮪魚的殘屍從尾巴提起來，丟到海裡去。

「我想我吃不了一整條。」他說，又抽出刀來將一條魚肉切成兩半。他可以感覺到釣線持續的拉力，他的左手抽筋了。左手僵捲在粗線上，他嫌惡地瞪著自己的左手。

「這甚麼手啊！」他說：「要抽筋就去抽筋吧。把你自己搞成一隻爪子好了。對你沒好處的。」

算了吧，他望進暗色水中盯著釣線的斜度想，趕快吃，吃了手就會有力氣。那也不是手的錯，而是你已經跟這魚折騰很多小時了。不過你可以永遠跟他這樣糾纏下去。現在就吃那隻小鮪魚吧。

他拿起了一片魚肉，放進嘴裡，慢慢地嚼。倒也沒有不舒服的感覺。

好好咬，他想，把汁液都吸收進去。如果有一點萊姆或檸檬或鹽巴也不壞。

「你感覺到了嗎，手？」他問抽筋的手，那手現在僵硬得像死屍了。「我再為你吃一點。」

他吃掉了那一片切開來的另外一半。他仔細地咀嚼，然後把魚皮吐了出來。「現在怎麼樣，手？還是仍然太早了沒辦法知道？」

他又拿起了另外一整片來咬著。

這是條血色旺盛、強壯的魚，他想。我還滿幸運的，釣到他而不是釣到海豚。海豚太甜了。這魚幾乎沒有任何甜味，而且所有的力量都還在肉裡。

不過人除了講究實用外，其他都沒甚麼道理，他想。真希望手上有點鹽巴。而且我不知道太陽會讓剩下的壞掉還是曬乾，所以儘管不餓，我最好還是全吃了吧。那魚目前很冷靜也很穩定。我會把剩下的都吃下，然後我就準備好了。

「要有耐心，手，」他說：「我這是為了你。」

真希望我能餵那魚吃點東西，他想。他是我的兄弟。但我必須殺了他，我必須保持強壯以便能殺了他。慢慢地，認真地，他把所有兩頭尖中間胖的魚肉條都吃了。

他挺直腰，在褲子上擦手。

「現在，」他說：「你可以放掉線捲了，手，我會單用右手臂對付他，直到你不鬧了為止。」他用左腳踩著左手握著的粗線，往後靠，讓釣線背在背上。

「上帝幫忙，讓抽筋停了吧，」他說：「因為我不曉得那魚再下來要做甚麼。」

不過魚看來很平靜，他想，遵照著他的計畫。但他的計畫是甚麼呢？他想。我的計畫又是甚麼呢？因為他那麼大，我的計畫只能跟著他的隨機應變。如果他跳出水面我就能殺了他。但是他永遠待在底下。那我就會永遠跟著他待在底下。

他在褲子上摩擦那隻抽筋的手，試著讓手指放鬆。但手就是不打開。也許被太陽照了它就會打開。也許等強壯的生魚條消化了它就會打開。如果我真的需要，我會不計一切代價把它掰開。不過我不想現在強迫把它打開。讓它自己打開，自己恢復。畢竟夜裡為了要鬆開、綁緊好幾條線，我讓它太辛苦了。

他的視線掃過海面，意識到自己多孤單。不過他看得到暗黑深水中折射的七彩光，還有向前延伸的釣線，以及平靜水面上奇特的起伏。貿易風的雲朵正在堆積著，他朝前看，看見了一群野鴨以天空為背景，在水面上顯現倒影，然後倒影模糊了，一會兒倒影又出現了，因而他明瞭了人在海上從來不孤單的。

他想到，有些人對在一艘看不到岸的小船上感到很害怕，他知道如果在天氣會突然變壞的季節，他們那種害怕是有道理的。然而現在是颱風季，當沒有颱風來時，颱風季的天氣是全年中最棒的了。

有颱風來時，如果你在海上，早幾天前就看到天空有徵兆了。在岸上的人們不知道颱風要來，那是因為他們不曉得該找甚麼樣的徵兆，他想。當然，在陸地上雲的形狀也會不一樣。不過現在沒有颱風要來。

他望著天空，看到白色的積雲像一堆堆友善的冰淇淋般逐漸增加，再上面是如同薄羽般的卷雲映在九月的天空上。

「一點點微風，」他說：「這天氣對我比較有利，對你比較不利，魚。」

他的左手還在抽筋，不過他慢慢把手指掰開了。

我討厭抽筋，他想。自己的身體跟你搗蛋。吃壞了在人前拉肚子或嘔吐，是丟臉的事。而抽筋，則是對自己的羞辱，尤其是獨自一人時更覺羞辱。

如果男孩在，他就可以幫我揉一揉，從手臂一路放鬆下來，他想。不過，它總是會鬆開的。

然後，他先從右手感覺到了不同的拉力，才看到水中斜度的變化。接著，他往前靠向釣線，並將左手又重又快地在大腿上拍擊時，他看到釣線緩緩地往上偏斜了。

「他要上來了，」他說：「趕快，手，拜託快點。」釣線緩慢而穩定地上升，然後海面在小船前方鼓起，魚浮出來了。他持續地浮現，水從他的兩側傾滑下來。他在陽光下發亮，他的頭和背是深紫色的，太陽照射著，他側邊的條紋看起來很寬，而且是淺紫色的。他的劍喙像棒球的球棒那麼長，愈往前愈尖，如同西洋劍般。他將全身的長度從水中顯現，然後又沉進去，平順地，像個潛水夫似的。老人看見了他那了不起的鐮刀狀魚尾沉下去，釣線開始快速拉出去。

「他比我的小船還要長上兩呎。」老人說。釣線快速卻穩定地拉出去，那魚沒有驚恐。老人試著用兩手讓釣線維持在剛剛好不斷掉的程度。他知道如果不能藉著持續的壓力讓魚慢下來，他會將所有釣線拉出，拉斷釣線。

他是條了不起的魚，我得讓他服氣，他想。我一定不能讓他意識到他自己多有力，也不能讓他知道他如果猛衝會怎麼樣。如果我是他，我現在就不顧一切放手一搏，直到把甚麼搞斷了為止。不過，感謝上帝，他們不像要殺他們的我們那麼聰明，儘管他們要比我們來得高貴且有力。

老人看過很多了不起的大魚。他看過很多超過一千磅重的大魚，他這一輩子還曾經捕到過兩條這麼重的，不過都不是自己一個人。現在他只有一個人，完全看不到陸地，和一條他從沒看過、甚至從沒聽說過的最大的魚拴在一起，而且他的左手仍然像老鷹緊握的腳爪那麼緊。

它總是會鬆開的，他想。當然它會鬆開來幫助右手。三樣東西構成了兄弟關係：魚和我的兩隻手。它一定會鬆開。魚慢下來了，恢復他原本的速度。

我好奇他為什麼會跳上來，老人想。好像就是為了讓我看看他有多大。不管怎麼樣，我現在知道了，他想。真希望我也能讓他看看我是甚麼樣的人。不過那他就會看到我抽筋的手。讓他以為我比原本的我更厲害，我也就會真的變得那麼厲害。真希望我是那魚，他擁有一切，只需用來對抗我的意志和智慧，他想。

他舒服地靠在船板上，對痛苦逆來順受，那魚穩定地游著，船慢慢航過暗色水面。從東邊吹來的風帶來了一點浪，到中午，老人的左手鬆開了。

「對你是個壞消息啊，魚。」他說，一邊將釣線移到蓋住他肩膀的布袋上。

他舒服地受苦著，儘管他完全不承認自己受苦。

「我不是個虔誠的教徒，」他說：「不過我會唸十遍『天主經』，十遍『聖母經』來祈禱捕到這條魚，要是真的捕到了我會到考伯的聖母[9]那裡朝聖還願。這是個許諾。」

他開始機械地唸著他的祈禱文。有時他會累到無法記得祈禱文，然後他會說得很快以便祈禱文可以自動湧現出來。「聖母經」要比「天主經」容易唸，他想。

「萬福瑪利亞，滿被聖寵者，主與爾偕焉。女中爾為讚美，爾胎子耶穌，並為讚美。天主聖母瑪利亞，為我等罪人，今祈天主，及我等死候。阿門。」然後他自己加了：「聖母，請賜死這條魚。雖然他那麼神奇。」

唸完了祈禱文，他覺得好些，儘管身上還是一樣痛，甚至更痛。他靠著船頭的木板，開始機械地動著左手手指。

9 Virgin de Cobre，古巴考伯鎮著名的聖母像，據說這座神像是一六〇八年從海上漂到考伯鎮的。

太陽現在很熱，雖然風柔柔地升起。

「我最好把船尾小一點的釣線重新裝餌，」他說：「要是那魚決定這樣繼續一夜，我得再吃點東西，而且瓶裡的水不多了。我猜在這裡只能抓到海豚吧。不過如果夠新鮮吃起來應該也不差。真希望今晚能有一尾飛魚跳上船來。飛魚生吃最棒了，而且還不需要切開來。現在我必須節省我所有的力氣。老天，我還真不知道他那麼大。」

「但我還是會殺了他，」他說：「儘管他那麼了不起、那麼壯觀。」

雖然這樣並不公平，他想。不過我會讓他知道一個人有多大能力，一個人又能忍受多少。

「我告訴男孩我是個怪老頭，」他說：「現在是該證明我的話的時刻了。」

過去他曾經證明過千百次，都不算數。現在他正要再次證明。每一次都是新的，正在進行時他從來不想過去。

真希望他睡一下，那樣我也可以睡一下，夢見獅子，他想。為什麼就只剩獅子留下來呢？別想，老傢伙，他對自己說。現在靠著船板好好休息，甚麼都別想。能不動就不動。

已經是下午了，船還是慢慢、穩定地前進。不過多了東風帶來的阻力，老人隨著輕波上下起伏，釣線在他背上造成的痛楚平順、輕易地傳來。

整個下午，釣線曾經一度又向上升。不過那魚只是在比較靠近水面的地方繼續往前游。陽光曬在老人的左臂、左肩和背上，因而他知道那魚的方向轉朝東北了。

他見過那魚一次了，他就能想像那魚在水中將紫色胸鰭如鳥翼般張開，了不起的尾巴豎立著劃穿黑暗。我好奇他在那麼深的地方看得見多少，老人想。他的眼睛好大，一匹馬用小得多的眼睛就能在黑暗中看得見。一度，我在黑暗中有很不錯的視力。不是在徹底的黑暗中。但幾乎就和貓的視力一樣好。

陽光和反覆的手指活動已經讓他的左手完全從抽筋中放鬆開來了，他開始將更多的壓力換到左手上，同時聳聳肩膀的肌肉，讓釣線產生的痛感也換換位置。

「要是你還不累，魚，」他大聲說：「那你真的很奇怪。」

他覺得非常累了，而且他知道夜色很快就要降臨，他試著去想點別的事。他想想職棒大聯盟，對他來說，那是Gran Ligas[10]，他知道紐約洋基隊正在和底特律老虎隊對戰。

我已經連續第二天不知道這個系列戰的結果了，他想。但我得要有信心，我得要對得起偉大的狄馬喬，他即使帶著腳踝上骨刺的痛，都把每件事做得很完美。甚麼是骨刺？他問自己。骨頭突出了一塊。我們沒有這種毛病。那會像鬥雞腳上綁的鐵刺刺進腳踝那麼痛嗎？我大概忍受不了那樣的痛，也沒辦法像鬥雞一樣在失去一隻眼睛或兩隻眼睛後繼續鬥下去。和了不起的禽獸相比，人實在不怎麼樣。我仍然寧可自己是那隻在海裡黑暗處的野獸。

「除非鯊魚過來，」他大聲地說：「鯊魚過來的話，上帝憐憫他，憐憫我。」

你相信偉大的狄馬喬會跟一尾魚奮鬥那麼久，像我將會奮鬥的那麼久？他想。我很確定他會，甚至還會更久，因為他既年輕又強壯。他的爸爸也是個漁人。不過骨刺會使得他太痛苦嗎？

「我不知道，」他大聲地說：「我從來沒長過骨刺。」

日落時，為了提振信心，他記起了當年在卡薩布蘭加的酒館裡，自己曾經和船上最強壯的傢伙，來自強弗格斯的了不起的黑人，握手把比力氣。一天一夜的時間，兩人的手肘擺在桌上用粉筆畫出的線

---

10 西班牙語「大聯盟」的意思。

上，兩人的上臂撐得直直的，兩人的手握得緊緊的。兩個人都努力試著要把對方的手扳到桌面上去。煤氣燈照亮的房間裡人來人往，很多人對他們倆的比賽下賭注。他看著黑人的臂、手和臉。從大約八小時之後，每四個小時換一個裁判，讓原來的裁判可以去睡覺。血從他和黑人的手指下滲出來了，兩人盯著對方的眼、手、臂，賭客進出房間，坐在靠牆的高腳椅上看他們比賽。牆漆成淺藍色的，是木板牆，燈火將他們的影子投射在牆上。黑人的影子巨大，隨微風輕吹燈火而移動著。

賭盤整夜不斷來回改變，他們餵黑人喝萊姆酒，也幫他點菸。黑人喝了萊姆酒之後，會來一陣猛攻，一度將老人——他那時還不是老人，而是冠軍桑地牙哥——的手扳到只離桌面三吋高。然而老人又把手扳升上來到正中間的位置。那刻他確認已經可以打敗這個黑人對手了，他人很不錯，又是個了不起的運動員。天亮時，當賭客們要求乾脆宣布和局，裁判搖搖頭，他發動了攻擊，逼迫黑人的手往下、往下，直到躺平在桌面木板上。這場比賽從星期天早上開始，到星期一早上結束。許多賭客要求宣布和局，因為他們得到碼頭上搬運糖包或到哈瓦那煤礦公司上班了。要不然每個人都想看他們比出個輸贏來。無論如何，在大家都得離開前，他把比賽給終結了。

在那之後，很長一段時間每個人都叫他「冠軍」。春天時他和那個黑人還比了一場。不過賭金不多，而且他很輕易地就贏了，因為第一次比賽的經驗已經讓強弗格斯的黑人喪失自信了。在那之後，他又比了幾場，再來就不比了。他相信要是自己夠想贏，就能打敗任何對手，而且比賽會傷害他用來釣魚的右手。他試過幾次用左手比賽。但他的左手總是不可靠，叫它做甚麼它不做。他信不過左手。

太陽把它好好烤透了，他想。除非夜裡天變得太冷，它應該不會再給我抽筋了。不曉得今晚還會發生甚麼事。

一架朝向邁阿密去的飛機從頭上飛過，他看著飛機的影子嚇到了一群飛魚。

「那麼多飛魚，附近應該有海豚。」他說，同時扯著釣線往後仰，看看是否能夠拉回一點線來。但不行，釣線仍然維持著很硬很緊，水珠在上面顫動著，再多一分就會斷掉的程度。船緩緩地向前移動，他望著那架飛機直到它飛遠了看不見為止。

坐在飛機上一定很奇怪，他想。我好奇從那樣的高度看下來，海是甚麼模樣。如果飛得不太高的話，他們應該可以清楚看到那魚。我很想慢慢地飛在兩百噚的高度，從上面看那魚。在捕龜船上，我上到主桅的十字交叉點，即便從那樣的高度，都可以看到很多東西。從那裡看，海豚看起來更綠些，你可以看到他們的條紋、他們身上的紫斑，你可以看到他們整群在游泳。為什麼在黑潮中游得快的魚，背都是紫色的，而且身上通常會有紫色的條紋或斑點？海豚看起來當然是綠色的，因為事實上他是金色的。但是當他要獵食時，他的側面會出現和馬林魚一樣的紫色條紋。會是生氣或是高速運動，把條紋激出來的？

天黑之前，他們經過一大片在光線下起伏搖擺的馬尾藻，看起來好像大海躲在黃色毯子下跟甚麼東西做愛似的，這時比較小的釣線勾到了一隻海豚。他第一次看見它，是它跳出海面，最後的夕陽照出它身上真正的金色，在空中激烈地扭曲、拍動。出於害怕，它反覆像空中飛人般跳著。他努力移動到船尾，趴伏著用右手和右臂拉住大釣線，他用左手將海豚拉過來，每收一段線，就用光裸的左腳將線踩住。當海豚被拉到船尾，絕望地從這邊衝到那邊，老人俯身探出船尾，將閃著光滑金色、帶有紫斑點的海豚拉了上來。它的嘴不由自主地快速咬著鉤子，用它的長扁身子、它的尾巴、它的頭敲擊小船船底，他用木板打它那閃著金光的頭，直到它從微顫到完全靜止。

老人將魚鉤取出來，再掛上沙丁魚餌，重新將釣線拋回海中。然後他努力慢慢地回到船頭。將左手洗了洗，在褲子上擦拭。然後他將沉重的釣線從右手換給左手，把右手也在海水中洗了，一邊看著太陽沉入海中，粗粗的釣線在水裡傾斜。

「他都沒變，」他說。不過觀察了水如何潑湧上手，他注意到其實船明顯變慢了。

「我要把兩隻槳橫綁在船尾水中，那樣夜裡就可以讓他慢下來。」他說：「他能熬夜，我也能。」

遲一點再清海豚的肚腸比較好，可以多留些血在肉裡。稍晚一點，我可以一併清海豚肚腸及綁船槳製造阻力。日落時分，現在最好給那魚清靜，別去打擾他。太陽要下山對所有的魚都是麻煩的時刻。

他讓手[11]在空中吹乾，抓住釣線，盡量放鬆自己，靠著船板，把一部分，甚至大部分的拉力轉到船上。

我該學著怎麼做才對，他想。至少這部分學會了。然後，記起來那魚自從吞了餌之後沒有吃過任何東西，那魚很大，需要很多食物。我吃掉了整條小鮪魚。明天我還會吃那隻海豚。那隻dorado[12]。也許一邊清理海豚時我就該一邊多少吃一點。它的肉會比小鮪魚來得不容易吃。不過，反正沒有甚麼事是容易的。

「你覺得怎樣，魚？」他大聲問：「我覺得很好，我的左手好多了，而且我有夠支持一天一夜的食物。繼續拉船吧，魚。」

他並不真的覺得很好，因為釣線在他背上製造的痛苦已經超越痛苦，變成讓他無法放心的痲木狀態了。不過我經歷過更糟的，他想。我的手上只有一點小傷口，另一隻手的抽筋也已經消失了。我的腿好

11 海明威此處用的是單數his hand，顯然指右手。
12 西班牙語的原意是「金色之物」，引申用來指稱所有表皮發亮的魚類。

好的。還有，現在，在食糧上我也勝過他了。

現在天黑了，九月一旦日落天就暗得很快。他靠躺在老舊的船頭木板上，盡量休息。最初的幾顆星星出來了。他不知道獵戶星的名字，不過他看到了獵戶星，而且知道沒多久所有的星星都會出來，他所有的遠方朋友都會在。

「那魚也是我的朋友，」他大聲說：「我從沒看過，也沒聽過這樣的魚。但我還是得殺了他。幸好我們不用試著去殺死星星。」

想像一下，要是人每天得試著去殺死月亮，他想。月亮逃走了。但再想像一下，要是人每天得試著去殺死太陽？還好，我們生來幸運，沒有這種困擾，他想。

然後他為那隻沒東西吃的了不起的魚感到難過，但是要殺他的決心從來沒有因為這樣的難過而放鬆過。這樣一條大魚可以給多少人吃啊，他想。不過這些人夠格吃他嗎？不，當然不。從他的行為方式和他了不起的自尊來評斷，沒有任何人夠格吃他。

這些事我不了解，他想。然而，不需要試著去殺死太陽或月亮或星星，總是好的。光是得在海上討生活，殺死自己真正的兄弟，就已經夠了。

他想，現在我得好好思考增加阻力的事。那樣有危險，也有好處。如果那兩隻槳綁得好好的，讓船不再那麼輕，他用力拉時我可能失去太多線，以至於被他逃掉了。船那麼輕，一直拖長我們兩個的痛苦，但卻可以保護我的安全，畢竟他擁有至今還不曾施展出來的快速度。不管怎樣，我得去清理海豚的肚腸，以免他[13]壞了，然後吃掉一些他的肉，讓自己有力氣。

---

13 老人對海豚的稱呼，從「它」變成了「他」，提高了對於海豚的尊重，也增加了親近。

現在我要休息個把小時，確定他夠堅實穩定，再移到船尾去工作，並做出決定來。同時我可以觀察他的行動，看看是否有甚麼改變。把槳綁起來是個不錯的計策，然而目前已經到了必須考量安全的時刻了！他仍然是條完整有利的魚，我看到魚鉤在他的嘴角，而他把嘴閉得緊緊的。魚鉤的傷害對他不算甚麼。飢餓的折磨，以及別的他不能明確掌握的傷害，才是重點。休息吧，老傢伙，讓他工作，直到你的下一件差事出現。

他休息了自己覺得應該是兩個小時的時間。月亮要更晚才會升起，他無從判斷時間。而且他無法真正休息，只是相對地休息。魚的拉力仍然在他的肩上，不過他把左手擱在船舷上，將愈來愈多抗力轉到船身上。

要是我把釣線固定住，那就簡單多了。然而只要稍微歪一下，他就可能把釣線拉斷。我必須用自己的身體當作緩衝墊，隨時準備好用兩手放線。

「但是你都還沒睡啊，老傢伙，」他大聲說：「已經過了半天加一夜又加另外一天，你都沒睡。你必須想個辦法在他安靜、穩定時睡一下。都不睡的話，你的腦袋會變得不清楚。」

我腦袋夠清楚，他想。太清楚了。我跟星星——我的兄弟——一樣清楚。然而我還是得睡一下。星星也睡，月亮、太陽也睡，甚至大海在某些沒有洋流、一片平靜的日子裡，有時也睡。

但要記得睡一下，他想。叫你自己去睡覺，想個簡單而確實的辦法處理釣線。現在到後面去準備海豚。如果你一定得睡一下，綁船槳增加阻力的做法就太冒險了。

我可以不用睡，他告訴自己。不過那樣也太冒險了。

他開始手腳並用朝船尾爬去，小心不要驚動那魚。魚大概也半睡半醒吧，他想。不過我不想讓他休息。他得一直拉到死為止。

到了船尾，他轉過身來，讓左手拉住背在肩上的釣線，用右手把刀從刀鞘裡抽出來。這時星光明亮，他可以清楚看到那隻海豚。他將刀插進海豚的頭部，把它從船尾底下拉出來。他一隻腳踩著海豚，俐落地將它從肛門到下顎剖開來。然後他放下刀，用右手清理海豚內臟，掏乾淨，把鰓也清掉。海豚的胃拿在他手裡重重、滑滑的。他將海豚的胃切開，裡面有兩尾飛魚。它們還是新鮮的、硬硬的，他將兩尾飛魚並排放著，把內臟和鰓從船尾丟出去。內臟和鰓沉下去，在水中映出一道燐光。海豚冷冷的，在星光下顯現出灰白的鱗狀表面，老人用右腳固定海豚的頭，將一邊的魚皮剝下來。接著把海豚翻身，剝下另一邊的魚皮，再將每一邊的肉切成從頭到尾的長條。

他把剩下的魚身翻丟到海裡，同時看看水中是否有漩渦。然而只看到魚身慢慢下沉的微微反光。他轉過身，將兩尾飛魚放進兩片長條魚肉間，刀收回刀鞘裡，努力地爬回船頭。他的背因釣線的重量而彎折著，魚肉放在他的右手裡。

回到船頭，他把夾著飛魚的兩片魚肉條放在船板上。之後，他給背上的釣線換了一個新位置，用擱在船舷上的左手握住釣線。接著他探出身將飛魚放進水裡去洗，同時注意一下水打在他手上的速度。他的手因為剝魚皮也變得發出燐光。水流沒那麼強勁了，他在船的外板上搓手時，小小的燐光粒子漂起來，慢慢地朝船尾流去。

「他累了，要不然就是他在休息，」老人說：「現在讓我吃完海豚，休息一下，睡一下。」

在星光下，夜持續愈變愈冷，他吃掉了一半的海豚肉和一隻清了內臟切掉頭的飛魚。

「海豚肉煮熟了吃多棒啊，」他說：「而生吃卻難吃得要命。將來沒有帶鹽或萊姆我絕不上船。」

如果我有腦袋的話，會一整個白天持續把海水潑在船頭上，乾了就產生鹽，他想。然而我一直到太陽快落山了才釣到那尾海豚。還是沒有好好準備。不過我把魚肉都咬進去了，而且沒有想吐。

天空東邊開始起雲了，他認得的星星一顆顆消失了。現在看起來似乎他正航進一條由雲所構成的大峽谷裡。風變急了。

「三、四天後會有糟糕的天氣，」他說：「然而不會是今晚，不會是明天。現在想辦法睡一下，老傢伙，趁那魚安靜且穩定的時候。」

他將釣線緊抓在右手裡，然後將右大腿緊靠著右手，整個身子的重量放在船頭的木板上。接著他讓釣線在肩上挪低一點，纏在左手上。

只要線纏好了，我的右手就能握得住。如果睡著時線鬆了左手會讓我醒來。右手會很辛苦。不過他已經習慣吃苦了。即使睡二十分鐘或半小時都好。他向前蜷曲著，用整個身體承受釣線，再將所有的重量擺在右手上，然後睡著了。

他沒有夢見獅子，而是夢見了一大群綿延了八或十公里的海豚。正值他們交配的季節，他們高高跳入空中，然後又掉回跳起時在水上製造出來的洞裡。

然後夢見了他在村子裡，躺在自己的床上，吹著北風，他覺得很冷，右臂麻木了，因為他的頭放在右手，而不是枕頭上。

之後他開始夢見綿長的黃色海灘，他看見獅群中的第一隻在暮色中下到海灘，接著其他的獅子也來了，他把下巴擱在船頭的木板上，船下錨停靠著，微風從岸上吹來，他等著看會不會有更多獅子出現，他很快樂。

月亮出來好一陣子了，不過他繼續睡，那魚穩定地繼續拉，船航進了雲所形成的隧道裡。

他被右拳跳起來擊中臉的急速動作弄醒了，釣線正燒著他的右手快速拉出去。他左手沒有感覺，只能盡力用右手阻擋釣線，線一直衝出去。終於他的左手找到釣線了，他向後傾，抗衡釣線的拉力，現在釣線的摩擦燒著他的背和他的左手，左手承受了所有的拉力，被釣線割得很厲害。他回頭看釣線捲，它們平順地放著線。就在這時，那魚跳出水面，在海中製造了一陣大騷動，然後重重地摔回去。然後，他又跳出水面，一次又一次，即使釣線不斷急急放著，船還是被拖得快速前進，老人將釣線的張力一次又一次繃到斷裂的臨界點上。他被牢牢地拉壓在船頭上，臉埋在切好的海豚肉條上面，完全動不了。

這正是我們在等的，他想。所以現在就讓我們接受吧。

讓他為釣線付出代價。讓他付出代價。

他無法抬頭看魚跳出水面，只能聽到破浪的聲音，還有他跌回水中重重的沉響。釣線抽出去的速度深深割著他的手，不過他一直知道會發生這種情況，他試著讓線割過長著厚繭的部位，不讓線滑入手掌中或割到指頭。

如果男孩在這裡，他會把線捲弄濕，他想。如果男孩在這裡。如果男孩在這裡。

釣線一直出去一直出去一直出去，不過拉出去的速度變慢了，他讓魚每一吋線都得努力才能拉出去。這時他將頭從木板和被他臉頰壓爛的魚肉上抬起來了。然後他跪起來，然後他慢慢站了起來。他繼續放線，但愈放愈慢。他努力回到雖然看不見但腳卻能夠碰觸感覺線捲的地方。仍然有夠多釣線，現在那魚得連帶拉著所有新進入水中的線所產生的摩擦力。

這樣就對了，他想。這下子他已經跳了十幾次，他背部的魚膘充滿了空氣，他就沒辦法沉到深海裡去死，讓我拉不起來。很快地，他就會開始繞圈圈，我得處理他。真好奇究竟是甚麼原因突然刺激了他。會是飢餓使他絕望嗎？還是在黑暗中他被甚麼東西嚇到了？也許他突然覺得害怕了。不過他是這樣一條鎮定、強壯的魚，看起來甚麼都不怕，充滿自信。這很奇怪。

「你自己最好甚麼都不怕，充滿自信，老傢伙，」他說：「你又掌握住他了，不過你沒辦法把線拉回來。不過很快地，他得繞圈圈。」

老人用左手和肩膀掌握那魚，彎下身舀水在右手，把臉上黏著的海豚魚肉洗掉。他擔心魚肉讓他噁心，一旦吐了會失去力量。臉乾淨了，他將右手伸出船沿進到水裡，然後讓手留在鹹水裡，看著太陽升起前最早的光線出現。他幾乎是朝東了，他想。這意味著他累了，所以順著洋流游。很快地他就得繞圈圈了。那樣真正的活兒就開始了。

他判斷右手在水中夠久了，他把手拿出來，盯著手看。

「還不壞，」他說：「疼痛對一個男人來說不算一回事。」

他小心地握住釣線，避免碰到新割的傷口，然後移動重心，以便能夠將左手從小船的另一邊放進海中。

「你這次還算滿有用的，」他對左手說：「但有一陣子我找不到你。」

為什麼我不是生來就有兩隻好用的手？他想。也許那是我的錯，沒有恰當地訓練那一隻。但天曉得，他早有足夠的機會學習了。不過，夜裡他表現得不壞，到現在只抽筋一次。要是他再抽筋，就讓釣線把他割斷算了。

這樣想時，他知道自己腦袋不清楚了，他覺得自己應該再嚼幾口海豚肉。但我沒辦法，他告訴自己。寧可腦袋昏昏的，還比因為想吐而失去力量好。自從臉跌進海豚肉裡，我知道我沒辦法吃得進去。我會把它留到緊急的時候才吃，直到它壞掉為止。然而現在才想透過營養來試著增強力量已經太遲了。你這個笨蛋，他告訴自己。吃另外那條飛魚吧。

它就在那裡，乾乾淨淨地預備好了，他用左手把魚拎起來，吃下去，小心咀嚼魚刺，把整條魚從頭到尾全吃下去。

它比絕大部分的魚都更營養，他想。至少在提供我需要的力量方面。現在我盡力做到該做的了，他想。讓他開始繞圈圈，讓戰鬥來吧。

從他出海以來，太陽第三度升起時，那魚開始繞圈圈了。

他無法從釣線的斜度看出魚在繞圈圈。目前還太早。他只是感覺到釣線上的壓力微微鬆了一點點，他開始用右手輕輕地拉。釣線一如往常地繃緊了，然而當他施力到線會斷掉的程度時，線卻開始收進來了。他將肩膀和頭從釣線底下鑽出來，開始穩定、不疾不徐地收線。他用兩手，擺動著，盡可能以整個身體和腳來施力。他的一雙老腿和老肩膀在拉扯的擺動中固定不動。

「這是很大一圈，」他說：「不過他確實在繞圈圈。」

然後釣線無論如何都無法再收進來一點點，他將線握住，直到看見水珠在陽光下從釣線上蹦跳下來。然後釣線開始往外跑，老人跪下來，心不甘情不願地讓線重回到暗黑的水中。

「他現在到了圈圈的遠端。」他說。我必須盡可能握住，他想。拉力會使得他的每一圈愈來愈小。或許一個小時以內我就可以看見他。我現在得折服他，然後我就得殺了他。

不過那魚繼續慢慢地繞圈圈，兩小時後，老人全身汗濕，累到骨頭裡了。不過這時圈圈小多了，從釣線的斜度可以看得出來，那魚一邊游一邊浮升上來了。

一個小時以來，老人眼前持續出現黑點，汗水鹹刺了他的眼睛，鹹刺了他眼睛下方和額頭上的傷口。他不擔心眼睛裡的黑點。那麼用力拉線本來就會出現黑點。然而有兩次，他覺得暈眩、快要昏倒，這讓他擔心。

「我可不能辜負了自己，這樣死在一條魚身上，」他說：「現在我已經漂亮地逮住他了，上帝幫我挺住。我願意唸一百遍『天主經』、一百遍『聖母經』，只是我現在沒法唸。」

就當作已經唸過了吧，他想。我晚一點會唸。

就在此時他感覺到一陣突然的碰撞與拉扯從他用兩手握住的釣線上傳來。尖銳、堅硬、沉重。

他正在用他長矛般的嘴擊打釣線前端纏住的鐵絲，他想。那是必定會發生的。他非得這樣做不可。不過這樣可能會使得他跳出水面，我寧可他保持繞圈圈。他需要跳出水面獲得空氣。然而每跳一次就會讓鉤子勾出來的傷口變大，他就有可能脫鉤。

「別跳，魚，」他說：「別跳。」

那魚又打了鐵絲好幾次，每次他搖頭，老人就放掉一點線。

我不能讓他的痛苦增加，他想。我的痛苦無所謂。我可以控制。但他的痛苦會把他搞瘋掉。

一會兒之後，那魚不再擊打鐵絲了，又開始慢慢繞圈圈。老人現在可以收線了。不過他又感到暈眩。他用左手舀了一點海水潑在頭上。接著又多舀了一些，並且搓揉他的頸背。

「我沒有抽筋，」他說：「他就快上來了，我撐得住。你得撐住。連說都不要說。」

他靠著船頭跪下來，暫時又把釣線背在背上。現在當他繞向外面去時我休息一下，然後等他靠近過來，我就站起來處理他，他決定。

在船頭休息是個極大的誘惑，讓那魚自己繞圈圈，不要收線。然而當釣線的張力顯示那魚轉了個彎朝船游來，老人站起來，開始像紡紗般地兩手輪流旋轉動作，將線盡量收回來。

我從來沒這麼累過，他想，現在貿易風正在升起。但有風也好，可以幫我把他帶回去。我還真需要這風。

「下回他繞向外面我就休息，」他說：「我覺得好多了。再轉兩三次我就抓到他了。」

他的草帽被推到後腦勺上了，感覺到魚轉彎，他就在船頭坐下來。

現在該你幹活兒，魚，他想。再轉過來，我就要抓到你了。

海浪變大了許多。不過這是好天氣吹的風，他需要這樣的風才有辦法回家。

「我就朝著南方和西方航行，」他說：「男子漢不會在海上迷路，何況那是座長長的島嶼。」

是在第三圈的時候，他先看到了那魚。

他首先看到一片花了很長時間才從船底下通過的暗影，他簡直無法相信暗影會有那麼長。

「不，」他說：「他不可有那麼大。」

但他就是那麼大，繞完這圈他在僅僅三十碼外浮上來，老人看見他的尾巴離開了水面。舉得比一把大鐮刀還要高，很淺的紫色在暗黑的水面上。魚尾斜耙回水中，當那魚就在水面下游著，老人可以看到他巨大的身軀，和像是綁在他身上般的一條條紫色紋路。他的背鰭垂著，而他巨大的胸鰭則寬張著。

在這圈，老人看見了那魚的眼睛，以及繞著他游的兩尾灰色的幼魚。有時他們緊靠著他。有時他們衝離開。有時他們輕鬆地在他的陰影下游著。他們每尾都超過三呎長，當他們快速游動時，整個身體會像鰻魚般猛然抽動。

老人流著汗，但不是因為被太陽曬的。每次那魚平靜沉穩地轉個彎，他就多收回一點線，確信兩圈之內他就可以有機會把魚叉叉進魚的身體。

但我得讓他靠近、靠近、靠近，他想。我絕對不能試著叉他的頭，一定要叉到心臟。

「要冷靜，要強壯，老傢伙。」他說。

下一圈，那魚的背浮出來了，不過離船有點遠。再下一圈，他仍然有點遠，不過他出水更多了，老人確信再多收點線，就能將魚拉到船邊來。

他早就把魚叉準備好了，魚叉捲好的細繩放在一個圓形籃子裡，繩尾牢牢綁在船頭的繫柱上。

那魚繞著圈圈靠近過來，平靜、看來真美，只有了不起的尾巴動著。老人盡全力拉釣線把他拉靠近過來。一度那魚稍微側翻了一點。然後他翻正了，繼續下一圈。

「我撼動他了，」老人說：「剛剛我撼動他了。」

他又覺得暈眩，但他用了一切的力量拉住那尾了不起的魚。我撼動他了，他想。也許這次我可以把他拉過來。拉吧，手，他想。撐住啊，腿。最後為了我，頭；最後為了我，你可千萬別昏過去。這次，我會把他拉過來。

然而當他費盡一切努力，在魚來到船側之前開始盡力拉，魚歪了一半過來，但馬上又轉正了，游開了。

「魚，」老人說：「魚，你總是得死的，你要把我也一起搞死嗎？」

用這種方法不會有任何效果，他想。他嘴巴乾到無法說話，卻沒辦法在這時去拿水。這次我一定要讓他到船側來，他想。我可沒辦法再多撐幾圈了。是的你可以，他告訴自己，你可以永遠撐下去。

下一圈，他差點就捕到他了。然而再次，那魚轉正了，慢慢游走。

你要我命啊，魚，老人想。不過你有權這麼做。我從來沒見過比你更了不起，或更漂亮，或更平靜，或更高貴的東西了，兄弟。來吧，殺了我。我不在乎誰殺誰了。

這下子你腦袋打結了，他想。你必須保持頭腦清楚。保持頭腦清楚，明白如何像個人樣地忍耐痛苦。或是像條魚樣地。

「清醒過來，腦袋，」他用自己幾乎聽不見的低聲說：「清醒過來。」

又兩圈還是同樣的情形。

我不曉得了，那老人想。每次他都覺得自己要暈倒了。我不曉得了。不過我會再試一次。

他又試了一次，當他掀翻那魚時，他覺得自己要暈倒了。那魚轉正了，再度慢慢地游走，了不起的尾巴在空中揮擺著。

我會再試，老人承諾，儘管他的手這時已經血肉模糊了，而且他只能間斷地看清楚眼前的景象。

他又試，又是一樣。所以，他想，他覺得自己還沒開始拉之前就要暈倒了；我會再試一次。

他把所有的痛苦、僅剩的力氣和早已逝去的自豪統統加在一起拿來對抗那魚迴光返照的反應，那魚側翻過來了，慢慢地側躺地游著，他的尖喙幾乎碰觸到船板，開始越過船，又長又深又寬，銀色帶著紫色條紋，在水中無窮無盡地游著。

老人放下了釣線，用腳踩著，將魚叉盡量舉高，用全力往下刺，再加一點剛剛才召喚出來的力量，將魚叉刺進那魚的側邊，在空中升至和老人胸部一般高的了不起的胸鰭下方的部位。他感覺到鐵叉刺進去，整個人靠上去，刺得更深些，以全身的重量推那魚叉。

此刻那魚帶著身體裡的死亡活過來了，高高升出水面，顯現他那了不起的長度、寬度，以及他所有的力與美。他彷彿懸在老人與小船的上空。然後他跌入水中，衝撞將水花濺起來，覆蓋了老人，覆蓋了小船。

老人覺得昏眩、不舒服，無法看得清楚。但他還是清理了魚叉上的繩子，讓繩子從脫了皮的手中慢慢滑出去，當他看得清楚時，他看到那魚背在下、銀色肚子朝上躺著。魚叉的木桿從魚的肩上形成一個角度突伸出來，海水被從魚心臟流出的血紅染色了。先是濃黑得像是藍色海水中一大片超過一哩深的暗礁。接著像雲一般散開來。那魚閃著銀光，一動不動在波浪間漂浮。

老人仔細端詳了眼前的一瞥。然後他將魚叉線在船頭的繫柱上繞了兩圈，將頭埋在兩手中。

「保持腦袋清楚，」他靠著船頭木板上說：「我是個累壞了的老人。但我畢竟殺了這條魚，我的兄弟，現在我還得做奴隸的工作。」

現在我得準備繩圈和繩子把他綁在船邊，他想。就算這裡有兩個人，把船壓入水中塞到魚身底下，這麼小的船也載不動他。我得把所有的東西準備好，把他拉過來，把他綁好，立起船桅揚起帆來回航。

他開始將魚拉過來，讓他靠著船，以便用繩子從魚鰓穿進去，從魚嘴穿出來，將他的頭牢牢綁在船頭邊。我想看著他，他想，摸摸他、感覺他。他是我的財富，他想。但這不是我想感覺他的原因。我想我感覺到他的心，他想，當我第二次猛推魚叉柄的時候。把他拉過來，拉緊，套一個繩圈在他尾巴，再套一個繩圈在他身體中段，把他和小船綁在一起。

「工作吧，老傢伙。」他說。他喝了很小一口水。「戰鬥結束了，就有很多奴隸工作要做。」

他往上看看天空，然後又朝外看看他的魚。他仔細地望著太陽。正午才剛過沒多久。貿易風正在升起。釣線現在沒有任何意義了。回家之後男孩和我會把線頭接起來。

「來吧，魚。」他說。不過魚沒有來。他躺在海裡顛簸起伏，老人將船拉過去靠近他。

他和魚併齊了，讓魚頭靠著船頭，他無法相信魚那麼大。不過他還是將魚叉繩子從繫柱上鬆開，將繩子穿過魚鰓，從魚臉頰出來，繞著他的尖喙轉一圈，再從另一邊魚鰓穿過去，在尖喙上再繞一圈，打了個雙結，將繩子緊緊綁在繫柱上。他切斷繩子，到船尾去綁魚尾。那魚從原來的銀紫色變成了銀色，斑紋顯現出和魚尾一樣的淺紫色。條紋比一隻五指張開的手都還寬。魚眼看起來像潛望鏡上的鏡子一般漠然，或像遊行裡的聖像。

「那是唯一一種殺他的辦法。」老人說。喝了水後他覺得好些了，他知道自己不會昏倒，腦袋也變清楚了。看起來他有一千五百磅，他想。搞不好更重更重。如果把三分之二的魚肉切下來，一磅三毛錢，可以賣多少錢？

「我需要拿筆來算，」他說：「我的腦袋沒那麼清楚。不過我想了不起的狄馬喬今天應該會以我為榮。我沒有骨刺。不過手和背都真的很痛。」我好奇骨刺到底是甚麼，他想。也許我們身上有卻不知道。

他把魚綁緊在船頭、船尾及中間船座的位置。他那麼大，大到像是在小船邊繫了另一艘更大的船。他切了一段釣線將魚的下顎跟尖喙綁在一起，這樣他的嘴巴就不會張開了，然後他們可以盡可能俐落地航行。接著他豎起了船桅，配備了斜桁和下桁，張起有著補丁的帆，船開始動了，他半躺在船尾航向西南方。

不需要指南針來告訴他哪邊是西南。只要感覺一下貿易風以及船帆受風的情況就夠了。我最好放一條小釣線，綁一根湯匙在上面，試著弄點東西來，同時吸收些水分。但他找不到湯匙，他的沙丁魚又已經臭掉了。所以他用魚鉤勾了一堆馬尾藻，搖一搖，將藏在裡面的小蝦搖落到船板上。有超過一打的小蝦，像沙蚤般跳著、踢著。老人用拇指和食指把蝦頭捏掉，連殼帶尾吃進去。蝦很小，不過他知道他們很營養，而且滿好吃的。

老人還有兩口水在瓶子裡。吃完了蝦之後，他喝掉了半口。在不利的情況下，船還算航行得頂順利的，他把舵柄夾在腋下操控著船。他可以看得見那魚，只要看看自己的手，感覺一下背靠在船尾，就能夠知道這不是夢，是真實發生的事。一度事情接近結束時，他覺得極度不舒服，他以為或許這一切是個夢。然後他看到那魚躍出水面靜止地浮在空中，直到掉下來，他確定這裡有某種了不起的神奇，他不敢相信。然後他眼前一片模糊，儘管現在他看得再清楚不過。

現在他明白魚在那裡，還有他的手和他的背，這不是夢。雙手很快就會好，他想。我讓血流得乾淨，海水會治療他們。真正的海灣裡的暗色海水，是最好的藥。我需要做的就是保持頭腦清醒。雙手完成了他們的工作，而且我們現在航行順利。他的嘴巴緊閉，他的尾巴直立著，我們像一對兄弟般一起航行。接著他的腦袋變得有點不清楚了，他想：是我帶他回去，還是他帶我回去？要是我把他拖在船後面，那就沒有問題。要是魚在船上，失去了他所有的尊嚴，那也不會有問題。但現在他們並肩綁在一起航行著，老人想，要是他喜歡，就讓他把我帶回去吧。我只有靠狡猾伎倆才占了上風，而他從沒有要傷害我。

他們航行順利，老人將他的手浸在海水裡並試圖讓自己的頭腦保持清醒。天空上有高層積雲，積雲上還有夠多的卷雲，老人知道輕風會持續整夜。老人經常看著那魚來確認這件事是真的。那是距離第一尾鯊魚攻擊他前一個小時的事。

鯊魚會來並不意外。當血雲沉入一哩深的海中，並在那裡散開時，他從水中深處上來了。他上來得如此快速，全無一點警戒，直接劃破藍色水面，曝顯在陽光下。然後他沉回海裡，拾起血腥氣味，開始跟隨小船和那魚的路線游著。

有時他失去了氣味的引導。但他會又拾回氣味，即便只是一點點氣味的痕跡，他快速而努力地尾隨著。他是一尾很大的灰鯖鯊，天生具備能夠跟海中最快的魚游得一樣快的條件，除了大嘴之外，他身上每個部位都很美。他的背和劍魚一樣藍，他的腹部是銀色的，他的皮平滑而漂亮。他長得像一尾劍魚，只有快速游水時緊閉著的大嘴不像。他緊貼著水面，背鰭高高地像刀一樣不顫不抖地將水切開。閉著的雙層嘴唇裡，全部的八排牙齒都向內傾斜。那可不是大部分鯊魚有的那種平常的金字塔型牙齒。它們長得像人的五指彎曲成爪狀時的模樣。它們跟老人的手指差不多長，兩側邊緣都跟剃刀一般銳利。這是天生來在海中以其他魚為食物的，那麼快、那麼壯、又具備那麼好的防護，他們在水中無敵。現在他聞到了新鮮血氣，加速趕上，他的藍背鰭切開海水。

老人看到他靠近，他就知道這是甚麼都不怕、為所欲為的鯊魚。他準備好魚叉，把繩子拉緊，盯視著鯊魚過來。繩子很短，因為少了他切去綁魚的一大段。

此刻老人的頭腦清醒、運轉良好，心中充滿了決心，不過他沒有希望。太好的事不會持久，他想。觀察鯊魚靠近時，他看了那了不起的魚一眼。這很像一場夢，他想。我無法阻止他攻擊我，但也許我可以抓到他。灰鯖鯊[14]，去你媽的。

鯊魚快速靠近船尾，當他咬那魚時，老人看見他張開的嘴巴，看到他奇怪的眼睛，看到他向前在那魚尾巴上來一點的地方牙齒一合劈下一塊肉來。鯊魚的頭露在水面上，他的背正要浮出來，老人聽得到那魚皮肉撕裂的聲音，這時他將魚叉猛刺進鯊魚頭上的一點——雙眼形成的線和鼻子直後劃出的線，交叉的那個點。鯊魚臉上沒有那樣的線。只有又重又尖的藍色魚頭，大眼睛，以及開合著、猛推著、把所有東西都吞下去的大嘴。不過那一點就是魚腦所在的位置，老人刺中了。他用他血肉模糊的手盡全力將好魚叉刺進去。他不帶希望，只帶

14 Dentuso，西班牙語原意指的是一口壞牙的人，漁夫們引用來稱呼有一嘴大牙，讓他們討厭的灰鯖鯊。

著決心和滿滿的敵意刺中了。

鯊魚翻了過去，老人看得出他的眼睛沒有生命了，然後他又翻了一次，把自己在繩子裡捆了兩圈。老人知道鯊魚死了，但鯊魚自己還無法接受這個事實。然後，他朝天躺著，尾巴拍打著、嘴喀喀喀動著，像快艇一般將水面犁開。他的尾巴拍打之處，水是白的，他的身體有四分之三明顯地露在水面上，綁著他的繩子變緊，顫抖著，然後斷掉了。鯊魚在水面上靜靜地躺了一下子，老人盯著他看。然後他很慢很慢地往下沉。

「他咬走了差不多四十磅。」老人大聲地說。他還帶走了我的魚叉和所有的繩子，他想，而且這下子我的魚又流血了，將會引來其他的鯊魚。

他不想再看那魚，因為他被毀傷了。那魚被攻擊，簡直就像他自己被攻擊似的。

不過我殺了那尾攻擊我的魚的鯊魚。而且他還是我看過的最大的灰鯖鯊。老天知道我看過真正大尾的。

太好的事情不會長留，他想。我現在寧可這是場夢，寧可我從來沒釣過那魚，我還一個人在床上看報紙。

「不過人不是生來被打敗的，」他說：「人可以被摧毀，不能被打敗。」我很難過我殺了那魚，他想。現在糟糕的時刻來了，我手上甚至連魚叉都沒有。灰鯖鯊很殘酷、很有本事、很強壯，也很聰明。不過我比他還聰明。也許沒有，他想。也許我只是有比較好的配備而已。

「別想了，老傢伙，」他大聲說：「照著這個方向航行下去，該來的就讓它來。」

但我不能不想，他想。因為這是我僅剩的。這個和棒球。我好奇了不起的狄馬喬對於我一舉擊中鯊魚腦部作何感想。那沒甚麼了不起的，他想。任何人都做得到。不過你覺得我的手跟骨刺一樣慘嗎？我沒辦法知道。我的腳踝從來不曾有任何毛病，除了有一次我游泳時在水中踏到了魟魚，被刺了一下，整條腿的下截麻痺，而且痛得受不了。

「想點快樂的事吧，老傢伙，」他說：「現在你每分鐘都更接近家一點。失去了四十磅，你就能航行得更輕快些。」

他很明白到達灣流內圈時，事情會以甚麼樣的形式發生。不過現在甚麼都做不了。

「是的，就這樣，」他大聲說：「我可以把我的刀綁在一隻船槳上。」

於是他就這樣做了，將舵柄夾在腋下，用腳控制船帆，一邊把刀綁在船槳上。

「這下子，」他說：「我還是個老人，但我手上不是沒有武器。」

現在風變涼了，他順利地航行。他只看那魚的前半部，希望回來了。

沒有道理失去希望，他想。失去希望甚至是項罪惡，我相信。別去想罪惡，他想。不想罪惡都已經有夠多問題了。況且我並不了解罪惡。

我並不了解罪惡，也不確定自己相信罪惡。也許殺了那魚是一樁罪惡。即使我這樣做是為了讓自己活著，並餵養許多人。不過，做甚麼事都是罪惡。別再想罪惡。現在想罪惡太遲了，而且有些人是專門領錢負責思考罪惡的。讓他們去想就好了。你生來是個漁人，就像魚生來是魚一樣。聖彼得是個漁人，了不起的狄馬喬他爸爸也是。

不過他很喜歡思考跟自己有關的事，沒有甚麼可讀的，也沒有收音機，所以他想很多，他繼續思考罪惡。你不只是為了讓自己活著和賣魚肉所以殺了那魚，他想。你為了自己的尊嚴殺他的，因為你是個漁人。他活著時你愛他，他死了你也還愛他。如果你愛他，那麼殺他就不會是一樁罪惡。還是說，因此更是一樁罪惡？

「你想太多了，老傢伙。」他大聲說。

不過殺灰鯖鯊讓你很爽，他想。他跟你一樣靠活魚維生。他不吃腐肉，也不像有些鯊魚隨便有得吃就吃，他很漂亮、很高貴，而且完全不知道害怕。

「我為了自衛殺他，」老人大聲說：「而且我殺得好。」

而且，他想，所有東西都以各種方式殺來殺去。捕魚讓我活下去，卻也同時在殺我。是那男孩讓我活下去，我不應該過度自欺。

他探身出去，從魚身上鯊魚咬的部位拉了一塊肉。放進嘴裡感覺到肉的質地與美味。堅實、多汁，像肉，但不是紅肉。肉裡面沒有筋，他知道這在市場上可以賣到最好的價錢。不過沒有任何方法可以讓肉的味道不在水中散布，老人曉得還有很糟的時候要到來。

風很穩定，朝東北方轉了點，他知道這意味著風不會停歇。老人向前看，看不到船帆，看不到船殼，也看不到任何其他船冒出的煙。只有飛魚從他的船頭飛起，朝向兩邊去，以及一塊塊的黃色馬尾藻。甚至連一隻鳥都看不到。

看到兩尾鯊魚中的第一尾時，他航行了兩小時，靠在船尾休息，偶爾咬一點馬林魚身上的肉，試圖讓自己休息、保持強壯。

「唉！」他大聲叫出來。這個字無法翻譯，或許就像是一個人感覺到釘子釘穿他的手後刺進木頭中時，不由自主發出的噪音。

「星鯊。」他大聲說。他看到第二隻鯊鰭接在第一隻後面靠近過來，從褐色三角形的鯊鰭及鯊尾的快速運動判斷他們是那種扁嘴的鯊魚。他們被氣味激奮了，餓昏頭了的狀況下，他們時而追到時而又失去了氣味的蹤跡。不過畢竟他們還是一直靠近過來了。

老人將風帆的繩子綁緊，舵柄也固定住。然後拿起了帶著小刀的船槳。他只能盡量輕輕地舉，因為手痛得不太聽使喚。然後他將手輕輕地張開、握合，想辦法放鬆手的動作。接著他一邊看著鯊魚靠近，一邊將手握緊，這時手就能夠承受疼痛而不會退縮了。現在看得見他們又寬又平又扁的頭，以及尖端閃著白色的胸鰭了。他們是那種討人厭的鯊魚，帶著臭味，會殺生卻也會撿食腐肉，當他們很餓時，連船槳或船舵都咬。就是這種鯊魚會趁海龜在水面睡覺時，咬掉牠們的手腳，也就是這種鯊魚飢餓時會在水中攻擊人，即使那人身上沒有任何魚血或魚肉的氣味。

「唉，」老人說：「星鯊。來吧，星鯊。」

他們來了。但他們不是以灰鯖鯊那種方式過來的。其中一隻轉了彎消失在小船底下，當他嚙咬、拉扯馬林魚時，老人可以感覺到小船在搖晃。另一隻用他狹長的黃眼看著老人，然後快速過來用他大張的半圓形嘴侵襲馬林魚之前被咬過的地方。那條從他的褐色頭頂延伸到後面的線，清楚顯示了腦部和脊椎接合之處，老人將綁在船槳上的小刀刺進那一點，拔出來，再刺進鯊魚像貓一般的黃眼裡。鯊魚放開了馬林魚，滑下去，帶著他咬到的肉死去。

小船還繼續隨著另一隻鯊魚摧毀馬林魚的動作而搖晃著。老人鬆開風帆讓小船橫盪開，露出底下的鯊魚。看見了鯊魚，他就探身打牠。只打到了肉，魚皮很硬，小刀沒怎麼刺進去。這一擊卻使得他不只手，連肩膀都痛起來。不過鯊魚很快又露出頭來，當鯊魚鼻浮出水面靠近馬林魚時，老人扎扎實實刺中他扁頭的正中間。老人將刀拔出來，用船槳敲擊同一個地方。他仍然緊咬著馬林魚，老人又刺了他的左眼。鯊魚還是掛在那裡。

「還不放？」老人說。他將刀子刺進脊椎和大腦之間。現在很容易刺了，他可以感覺到那裡的軟骨被撕裂了。老人抽回船槳，把刀子放進鯊魚的上下顎間，把他的嘴巴打開。他扭轉刀子，鯊魚鬆開滑落了，他說：「去吧，星鯊，滑下一哩深。去找你的朋友，或許那是你媽媽。」

老人擦乾淨刀子，放下船槳。然後他找到了風帆繩，帆灌滿了風，他讓小船重新回到航道上。

「他們八成咬走了四分之一的肉，而且是最好的肉，」他大聲說：「真希望這是個夢，而我從來不曾釣到他。我很難過，魚，一切都被弄得亂七八糟了。」他停了下來，現在完全不想看那魚了。血流乾又被沖洗了，魚看起來是鏡子背後水銀的顏色，他的條紋仍然顯現著。

「我實在不該跑到這麼遠來，魚，」他說：「對你對我都不好，對不起，魚。」

現在，他對自己說，查看綁刀子的繩子有沒有裂開。然後讓手恢復，因為還有事要來。

「真希望有一顆可以磨刀的石頭，」老人檢查了綁在槳上的繩子後說：「我應該帶一顆石頭來的。」你應該帶的東西還真多，他想。但你沒有帶，老傢伙。現在沒有時間去想你沒有的東西了。想想你可以用手上有的做些甚麼。

「你還真是給了很多好意見啊，」他大聲說：「我聽夠了。」

他把舵柄夾在腋下，船向前走時，他將兩手浸在水裡。

「天曉得最後那隻咬走了多少，」他說：「船現在輕多了。」他不願去想那魚被摧殘的肚子。他知道鯊魚每撞一下，就是一大塊肉被撕走，這下子那魚像是在海上開闢了一條讓所有鯊魚都能跟來的大馬路。

這是一條夠讓一個人過冬的魚，他想。別想那個。就是休息，想辦法讓你的手復原，來防衛他剩下的部分。那麼多味道在水中，我手上的血腥味不算甚麼了。而且他們沒有流太多血。沒有任何嚴重的傷口。流血或許還能讓左手不抽筋。

我現在能想甚麼？他想。甚麼都沒有。我甚麼都不能想，等著接著要來的。我希望這真的是一場夢，他想。但誰知道呢？說不定可以有好結果。

再來的，是單獨的一條鏟鼻鯊。他看起來像一隻走向飼料槽的豬，如果豬有可以把你的頭放進去的大嘴巴的話。老人讓他攻擊那魚，然後把槳上綁的刀刺進他的腦中。但那條鯊魚翻滾時突然向後一扭，刀子折斷了。

老人讓自己坐定下來掌舵。他甚至沒有去看那隻大鯊魚慢慢沉入水中，剛開始很大，然後變小，然後變得更小。這種景象總是讓老人著迷。但這回他連看都沒看。

「我現在還有魚鉤，」他說：「但那沒甚麼用。我有兩隻槳和舵柄和短棒。」

這下他們把我打敗了，他想。我老到沒辦法用棒子打死鯊魚了。但只要我還有船槳有短棒有舵柄，我就還會試。

他又將手放進水裡去泡著。下午的天色漸晚，他眼中只看得到海和天。天空裡的風比之前更大了，他希望很快就能看見陸地。

「你累了，老傢伙，」他說：「你打身體裡累了。」

鯊魚到落日之前才再度攻擊。

老人看見褐色的魚鰭沿著那魚在水中開出的路游過來。他們甚至沒有梭巡尋找氣味，並排著直接朝小船而來。

他固定了舵柄，綁牢了帆索，探到船尾拿出木棒來。那是將一隻斷掉的木槳鋸短後做成的，大約有兩呎半長。因為把手的形狀，只有用單手握住才能有效運用，他讓右手牢牢握好，一邊看著鯊魚游過來，一邊將手一鬆一緊地動一動。來的兩隻都是星鯊。

我得讓第一隻結實咬住，然後打在他的鼻間，或他的頭頂正中央，他想。

兩隻鯊魚一起靠過來，當他看見比較近的那隻張開嘴咬入馬林魚銀色那邊，他高高舉起木棒，重重地捶下來，打在鯊魚寬寬的頭上。他可以感覺到木棒打下來時碰到橡皮般堅實的質地。然而他也感覺到骨頭的硬度，鯊魚往下沉時，他又在鯊魚鼻頭上重重打了一下。

另一條鯊魚進進出出，這會兒又張著大嘴過來了。鯊魚撞擊那魚大咬閉嘴的瞬間，老人可以從鯊魚的嘴角看到馬林魚的肉塊滿溢出來。他揮棒打他，只打到了頭，那鯊魚看了他一眼，把肉扭咬走。他遊走去吞肉時，老人又將木棒揮下，只打到了厚厚堅實的橡皮感覺。

「來吧，星鯊，」老人說：「再靠過來吧。」

那鯊魚急急衝過來，他閉上嘴時老人打中了他。結結實實從他能舉的最高高度打下來。這回他感覺到頭底下的骨頭，當鯊魚遲鈍地撕走魚肉並往下滑時，他在同一個地方再打了一次。

老人盯著等他再來，不過兩條鯊魚都沒再出現。然後他看到一條在水面繞著圈圈游。他沒看到另一條的魚鰭。

我沒辦法這樣就打死他們，他想。年輕的時候做得到。不過我把他們兩個都打得滿慘的，兩個都會很不舒服吧。如果我有可以用雙手握住的球棒，我已經打死那第一條鯊魚了。即使是現在的年紀。

他不想看那魚。他知道他的身體有一半完蛋了。他和鯊魚搏鬥過程中，太陽下山了。

「馬上就天黑了，」他說：「然後我就能看得見哈瓦那的亮光。如果我的方向太偏東我會看到其中一個新海灘的燈火。」

我現在離岸不會太遠了，他想。但願沒有人太為我擔心。當然，只有男孩可能太擔心。不過我確定他對我有信心。很多老漁人會擔心。還有很多其他人也會，他想。我住在一個善良的鎮上。

他沒辦法再跟魚說話了，因為那魚已經毀壞得太厲害了。然後，他想起了些別的。

「半魚，」他說：「曾經是魚。很抱歉我跑太遠了。把我們兩個都毀了。不過我們，你和我，殺了很多條鯊魚，還毀了其他很多條。你殺過多少條鯊魚，老魚？你頭上的長矛不會是白長的。」

他喜歡想著那魚，想著當他自由地泅泳時，可以怎樣對付鯊魚。我應該把他的尖喙切下來，拿來對抗鯊魚，他想。但我手上既沒有小斧頭，也沒有刀。

如果我能夠辦得到，將他的尖喙綁在木槳柄上，那會是多麼棒的武器！那樣我們就能夠一起對抗鯊魚。現在要是他們在夜裡過來，你能做甚麼？

「和他們戰鬥，」他說：「我會和他們對抗直到我死了。」

現在天已經黑了，看不到任何亮光，沒有任何燈火，只有風以及帆上的穩定拉力，他覺得自己說不定已經死了。他將兩手合攏，感覺一下雙掌。他們沒有死，只要開合手掌就會帶來活著的痛苦。他將背靠在船尾，知道自己沒死。他的肩膀告訴他他沒死。

我還有當時承諾若是捕到魚就要唸的祈禱文呢，他想。不過我現在太累了，真的沒辦法唸。我最好把布袋拿過來蓋在肩膀上。

他躺在船尾，掌舵，尋找天空中有沒有出現亮光。我還有他的一半，他想。也許我夠幸運可以把他的前半截帶回去。我應該有點運氣。不，他說。當你跑出去太遠時，就已經冒犯你的運氣了。

「別傻了，」他大聲說：「保持清醒，好好掌舵。你可能還有不少運氣。」

「如果有地方在賣運氣，我很願意買些運氣來。」他說。

我拿甚麼來買呢？他問自己。我能夠拿掉了的魚叉、斷了的刀和兩隻壞了的手來買嗎？

「你可以，」他說：「試著拿海上的八十四天來買。他們不就幾乎賣給你了。」

我不能胡思亂想，他想。運氣會以各種不同形式出現，誰能辨識她呢？我願意接受一點任何形式的運氣，付他們要求的任何價錢。真希望我能看見燈火的亮光，他想。我希望太多東西了。但那是我現在希望的東西。他試著更舒服些掌著舵，從自己的痛苦裡他知道自己還活著。

在應該是夜裡十點左右，他看見了城市燈火反射的亮光。剛開始，只是像月亮剛要升起前的天光般，只勉強能感受得到。然後亮光變得可以穿越因增強的風而顛簸起浪的海洋都還持續看得見。他讓船航進亮光中，他想，很快就會碰觸到洋流的邊緣了。

這下結束了，他想。他們可能會再來攻擊我。但一個手無寸鐵的老人在黑暗中能怎麼樣？

現在他全身僵直、痠痛，夜寒使得身上傷口和扭到的部分都痛起來。我希望我不必再戰鬥了，他想。我多麼希望我不必再戰鬥了。

然而到午夜之前他又戰鬥了，而這次他知道戰鬥是沒有用的。他們成群而來，他只能看到他們的魚鰭在水中製造出的線條，以及他們撲上那魚時發出的燐光。他用木棒敲鯊魚頭，聽見鯊魚嘴劈過魚肉的聲音，以及小船因他們在底下抓咬而震動著。他拚命地猛用木棒敲擊只能用感覺、用聽力去找尋的目標，然後他感覺到有甚麼東西抓住了木棒，木棒就掉了。

他將舵柄從船舵上急拉出來，用舵柄又打又砍，以兩手握著，一次又一次揮下。不過他們現在游到船頭來了，一條接著一條一起來，撕去在水下發光的一片片魚肉，他們轉個身，就又來了。

終於，一條鯊魚襲向馬林魚頭，他知道一切都結束了。他揮擊舵柄，打在那條因撕不開堅硬魚頭而嘴巴卡住的鯊魚頭上。他揮一次、揮兩次，再揮再揮。他聽到舵柄斷掉的聲音，他拿斷柄衝向鯊魚。他感覺到斷柄刺了進去，知道斷處很尖，他又再刺了一次。鯊魚鬆嘴滾離開。那是前來的這群鯊魚中的最後一條。沒有東西可以再給他們吃了。

老人這時幾乎無法呼吸，他感覺到口中有奇怪的味道。帶著銅腥味，卻又甜甜的。他擔心了一陣子，不過還好沒有很嚴重。

他將口中的血吐進海裡，說：「吃這個，星鯊，去做夢以為你們殺了一個人。」

他知道自己現在終於被打敗了。沒有其他辦法的情況下，他回到船尾，發現破損的舵柄還能插回船舵上，讓他可以掌舵。他把布袋在肩膀上鋪好，讓船回到航道上。現在船很輕了，他甚麼都不想、甚麼感覺都沒有。他已經超越一切了，盡可能好好地、聰明地將小船駛回家鄉的港口。夜裡，還有鯊魚來攻擊魚屍，像是有人會在桌上撿拾殘屑般。老人沒理他們，除了掌舵外，他甚麼都不理。他只注意到因為旁邊沒有了重物，小船這時航行得多輕多順利。

她很棒，他想。她很堅實，除了舵柄之外沒有任何損害。舵柄很容易換的。

他可以感覺到自己航進灣流裡了，看得見沿岸海灘上聚落的燈光了。他現在知道自己在哪裡了，回家是輕而易舉的事。

無論如何，風是我們的朋友，他想。然後他加了一句——有時候。還有偉大的海，那裡有我們的朋友，也有我們的敵人。還有床，他想。床是我的朋友。光是床，他想。床會是個了不起的東西。被打敗了很容易，他想。我從來不知道這麼容易。甚麼東西打敗了你，他想。

「不是甚麼，」他大聲說：「只是我跑太遠了。」

當他航進小港時，露臺酒店的燈已經熄了，他知道大家都睡了。風愈來愈大，現在颳得很厲害了。然而港內很安靜，他把船駛上了大石下的碎礫灘。沒有人幫忙的情況下，他只能讓船盡量上岸。然後他從船裡走出來，將船繫在大石上。

他把桅杆拔下來，船帆捲起來綁好。然後扛起了桅杆開始往上爬。在這個時候他明白了自己的疲倦有多深。他停了一下，回頭從街燈的反射中看到小船後面，那魚的尾巴高高蹺著。他看到他背骨的白色光裸線條，帶著前凸尖喙的深重頭部，以及這兩者之間的空蕩蕩。

他又開始往上爬，爬到頂時他跌了一跤，桅杆壓著他的肩膀，躺了一陣子。他試著要站起來。但那真的太困難了。他坐在那裡，扛著桅杆，盯著路看。遠處有一隻貓自顧自走過，老人看著牠。然後他就只是看著路。

終於他將桅杆放下來，站了起來。他再把桅杆抬起來放在肩上，沿著路往上走。中間必須坐下來休息五次，才到得了小屋。

進到小屋，他將桅杆靠著牆放。在黑暗中他找到一支水瓶，喝了一口水。然後他在床上躺下來。他拉過毯子蓋住肩膀，然後蓋住背和腿，他壓著床上的報紙趴著睡，兩臂直直伸著，兩隻手掌打開向上。

早上，那男孩探頭進門來時，他還在睡覺。風太強了，沒有動力的船無法出海，所以男孩睡晚了，起床之後就依照每天早上的習慣，到老人的小屋來看看。男孩看到老人正常呼吸，然後他看到老人的手，他哭了起來。他很安靜地走出小屋，去弄些咖啡，一路上他都在哭。

很多漁人圍繞著老人的小船，看著綁在小船邊的東西。一個漁人將褲腳捲了起來，下到水中，用線測量魚骨的長度。

男孩沒有過去。他之前就去過了，一個漁人在那裡替他照看著小船。

「他怎麼樣？」一個漁人喊著。

「在睡覺。」男孩大聲回答。他不在乎人家看到他正在哭：「別讓任何人打擾他。」

「從魚鼻到魚尾一共十八呎長。」正在測量的漁人大聲說。

「我相信。」男孩說。

他進到露臺酒店去要一罐咖啡。

「熱的，加很多牛奶和糖。」

「還要別的嗎？」

「不用。之後我再看看他能吃甚麼。」

「好一條大魚，」老闆說：「從來沒看過這樣的魚。你昨天也抓到了兩條不錯的魚。」

「去他媽的我抓到的魚。」男孩說，接著他就又哭了起來。

「你要喝甚麼嗎？」老闆問。

「不要，」男孩說：「跟他們說別去煩桑地牙哥。我等一下會回來。」

「告訴他我有多遺憾。」

「謝謝。」男孩說。

男孩拿著熱咖啡罐走回老人的小屋，坐在他身邊直到他醒來。一度他看起來好像要醒了，不過他又沉睡回去，男孩走到對街去借木頭來熱咖啡。

終於老人醒了。

「別坐起來，」男孩說：「把這個喝下去。」他將一些咖啡倒進玻璃杯裡。

老人把杯子接過去，喝了。

「他們把我打敗了，馬諾林，」他說：「他們真的把我打敗了。」

「他沒有把你打敗，那魚沒有。」

「沒有，的確。是後來發生的。」

「皮德里哥在照看小船和工具。你打算怎樣處理那魚頭？」

「讓皮德里哥把他切開來，拿來當漁網裡的餌。」

「那魚的尖嘴矛呢？」

「如果你要，就拿去。」

「我要，」男孩說：「現在我們得為其他事做好我們的計畫。」

「他們有出去找我嗎？」

「當然。海巡隊和飛機都出動了。」

「海很大，船很小，很難看得到。」老人說。他注意到可以有人說話，不用光是對自己和對海說話，有多舒服。「我很想你，」他說：「你捕到了甚麼？」

「第一天一隻，第二天一隻，第三天兩隻。」

「很好啊。」

「現在我們要一起捕魚。」

「不，我運氣很差，我的運氣都用光了。」

「去他的運氣，」男孩說：「我會把運氣帶回來。」

「你家人會怎麼說呢？」

「管他們的。我昨天抓到了兩條魚。但我們會一起捕魚，因為我還有很多需要學的。」

「我們得弄一隻銳利的魚叉來，隨時放在船上。你可以用報廢福特車上的鋼板彈簧來做劍。我們可以把劍拿到瓜納瓦科阿[15]去磨。魚叉會很利，而且不會像一般燒製的那麼容易斷。我的刀就斷了。」

「我會再弄一把刀來，再將鋼板磨好。這陣強風會吹幾天？」

「也許三天，也許更多天。」

「我會把所有的東西準備好，」男孩說：「你把你的手養好，老頭。」

15 Guanabacoa，哈瓦那市的熱鬧商業區。

「我曉得怎麼治好我的手。昨天夜裡我從嘴巴吐出了些奇怪的東西，感覺到我胸腔裡好像有甚麼壞掉了。」

「把那個也治好吧，」男孩說：「躺下來，老頭，我會給你拿乾淨的襯衫來。還有一些吃的東西。」

「帶些我不在那幾天的報紙來。」老人說。

「你得趕快好起來，我能從你那裡學到很多，你可以教我所有的事情。你受了多少罪？」

「很多。」老人說。

「我會拿食物和報紙過來，」男孩說：「好好休息，老頭。我會從藥房帶你的手需要的東西過來。」

「別忘了告訴皮德里哥魚頭是他的。」

「我會記得。」

當男孩出了門，走下老舊的珊瑚岩道路時，他又哭了。

下午的時候，有一群觀光客在露臺酒店，其中一位女士從空啤酒罐和死梭魚之間朝水中看，看到一條很長很長的白色脊骨，後面還帶著一條高高蹺著的尾巴，當東風吹著小港入口外的大海時，那尾巴就會隨潮水搖擺。

她問一位侍者：「那是甚麼？」指著那條了不起的魚的長脊骨，現在看起來好像只是等著要被海浪沖走的垃圾。

「大鯊魚，」侍者說：「鯊魚。」他的意思是要解釋發生了甚麼事。

「我不知道鯊魚竟然有這麼漂亮，形狀這麼美的尾巴。」

「我也不知道。」她身邊的男伴說。

沿著路往上，在他的小屋裡，老人又睡著了。他還是趴著睡，男孩坐在他身邊看著他。老人正夢見了獅子。

《老人與海》譯後記

文／楊照

一

海明威創造了一種特殊的角色典型。

一般我們將海明威的角色稱為「硬漢」，但這種「硬漢」不能簡單地從中文字面上去理解。

「硬漢」的標記是耐打耐折磨，不會叫痛不會哀號，也不會輕易放棄，而且他們所忍受的傷害破壞，很多時候並不是無從逃避的，而是他們自己如同飛蛾撲火般自己去找來的。

他們並不是希臘悲劇裡的那種角色，在命運或神的操弄下，沒有退路，只能去面對不想面對的，去承擔絕對不會是幸福快樂的結果。

海明威還不到二十歲，就跑到歐洲戰場上去參加戰況慘烈，歐洲人自己打得徬徨失神的「第一次世界大戰」。他大可不必去，卻還是去了，去開救護車，在離第一線戰場不遠的地方受了傷。

他後期最重要的作品《老人與海》裡，古巴老漁夫也大可不必硬要跟那尾大馬林魚鬥下去，將釣線掛在肩膀上的幾十個小時中，任何一刻老漁夫都可以、也都應該放掉釣線，因為他明明知道那尾魚大到不是他能征服的，但他就是不放。

正因為他明明知道那尾大到超過他所能征服的。大馬林魚將老漁夫連人帶船拖到很遠很遠的海域，表面上看，老人贏了，抓住了大魚，但實質上，他沒有贏，他絕對沒有辦法一人一船，越過那麼廣闊的海域，將大馬林魚帶回陸地去。

老人費了那麼久才控制住大馬林魚，卻注定了他無法將魚帶回港。鯊魚反覆來襲，咬走了大馬林魚身上血色旺盛的鮮肉，留給老人帶回去的，只有一身傷痕，和一身更深的疲憊，還有，和那大馬林魚搏鬥兩天無論如何不肯放棄的經驗。

海明威筆下的「硬漢」，不是為了換取什麼樣的利益或名聲，才經歷那些痛苦折磨，去克服那些看來如此嚴酷的挑戰的，不，痛苦、折磨、挑戰，本身就是目的。

因而，「硬漢」像英雄一樣「硬」，像英雄一樣無畏無懼，但他們不是英雄，他們會在讀者、觀眾心中引起的感覺，也就不是崇拜。英雄為了更高的目標——上帝、信仰、自由或美人——勇敢冒險，去忍受別人無法忍受的衝擊，但「硬漢」卻單純只是為了自己去走這樣的歷程。

二

海明威筆下的「硬漢」，他們的強硬強悍因而帶著一種奇特的無可奈何。與其說有什麼樣的正面理由讓他們去犧牲奉獻，還不如說是出於一份不得已——無法安安靜靜過平凡生活，才是他們生命最根本的底蘊。

從這個角度看，海明威一方面是美國傳統的代言人，另一方面弔詭地，又是美國傳統最激進的破壞者。

海明威的角色，像是西部拓荒情境中跑出來的。他們離開安穩的東部環境，離開已有的農業區域，前往未知的荒漠，越過充滿威脅的高山，毀滅印第安部落或被印第安部落毀滅，將美國領土一直開展到太平洋岸。但是，在這樣表面的高度動感動能之下，海明威卻鋪設了灰晦傯懶的精神底層。這些人，並不是美國傳統的驅策、創造者，相反地，他們是這套傳統下的犧牲者。

不安、騷動、追求冒險的美國精神，支使著海明威和他筆下的「硬漢」，他們不是主動選擇，而是被那內在無名的衝動，驅動驅使著。他們和通俗冒險小說、西部電影角色最不同的地方，是他們明白自己內在的無奈，他們的生活有很多刺激，然而他們並不享受這樣的刺激，這裡面沒有對自己對別人的沾沾自喜，反而有更多的忍耐。

他們不只忍耐冒險過程給他們的折磨，他們也忍耐自己對這些無謂冒險行為的無奈認知。

三

海明威的「硬漢」沒有辦法沉醉在自己的英勇英雄行為中，表現在外的，就是他們「省話」的特質。

不只海明威的男性主角「省話」，海明威做為一個作者、一個敘述者，都是「省話」的。只用最簡單的語言，講最簡省的話，這是海明威最令人印象深刻的風格。

我們可以從小說美學上，討論海明威的「冰山理論」——小說應該像冰山，只有十分之一露出水面，讓讀者自己去想像尋索藏在寒冷水面下的十分之九。在這點上，海明威繼承了現代主義的價值脈絡，更將現代主義「少就是多」（Less is more.）的規範銘言發揮到淋漓盡致。

現代主義會強調「少就是多」，一是源自對固定形式的不滿。舊的藝術創造中有許多規矩：詩有韻腳行數的規矩；音樂有呈示、發展、再現的規矩；繪畫有投影法的規矩；小說有敘述結構上的規矩……這些規矩限制了創作的空間，簡化了創作的程序，讓作品中充斥著重複、形式化的內容。

現代主義對這些規矩不滿不耐，追求打破這些規矩，很自然導向主張消去依隨、滿足形式的部分，只留下真正屬於藝術家獨特創造的部分。現代派作曲家有種抒情的說法：「一嘆息一世界」，其中內含的邏輯是：如果這整個世界只有那聲嘆息是特別的、不在日常之內的表現，那麼光那聲嘆息就是世界了，不需要將那些日常的、重複的瑣碎事物一起放進來，反而模糊掩蓋了真正重要的。只要一聲嘆息就夠了。

現代主義會強調「少就是多」，另一項考慮來自對於讀者的想像改變了。創作者如果假想要為懶惰、被動的讀者創作，那麼他就勢必要做許多說明、解釋，那些說明解釋並非專屬於他、專屬於他的作品，稀釋、沖淡了創作的原汁原味。再好的作品，怎堪得被如此稀釋還能保有力量呢？

唯一的解決方法，是改變讀者，至少是改變對於讀者的想像。作者沒有義務、也沒有辦法替讀者設想得那麼周密，甚麼都要告訴他，作者只給獨特選擇後的重點，讓讀者依照這些重點去填充其他部分，在心中完成對於作品的領受。

在這兩方面，海明威的小說都有一定程度的貢獻，發展了現代主義的理念，尤其不特別張揚現代主義美學理念，而是用作品的魅力提供不同的閱讀經驗，讓許多原本無意親近現代主義的人，轉變為主動、參與式的讀者。

不過，除了普遍現代主義浪潮之外，海明威的「省話」，還有個人個性的緣由。

四

海明威的《戰地春夢》是以主角亨利第一人稱寫成的小說，他將自己的奇特生命經驗記錄下來，說給讀者聽。以這樣習慣的形式假設出發，我們卻很快就在小說碰到了絆腳的石頭。

例如，小說從義大利戰場鋪陳開來的，之所以有後來的各種情節故事，因為這個「我」，一個美國人，跑到義大利投身在第一次世界大戰中。如果他沒有去，就不會去開救護車，就不會遇到砲彈襲擊，也就不會有那段和英國護士間的戀情了。可是「我」沒有道理一定要去義大利打仗，別的美國人沒有去啊！小說中「我」卻從來沒有對讀者解釋，為什麼要去參戰，怎麼做的決定，決定時心裡在想些甚麼考慮甚麼？

又例如，「我」受傷療養的過程中，一度被護士長從病床邊的櫥櫃裡搜出大批酒瓶，遭到一番斥責。然而在此之前，「我」都沒有告訴我們，告訴讀者他喝酒酗酒的訊息。儘管我們一路讀著「我」住院的經過紀錄，卻得要等到酒瓶被搜出來了，我們才知道他喝了那麼多酒。

這種地方顯現的是更深沉的敘述者內在性的「省話」。即使做一個敘述者，他不說，他不想說，他不能說，換句話說，他沒有、他無法稱職地發揮敘述者的功能。

前面一個例子，應該是源於他自己也沒有把握能夠提供答案吧！幹嘛讓自己現身戰地的危險中？那不會是理智算計後的結果，甚至也不是受了甚麼明確外在刺激產生的反應，那衝動就是在那裡，早就在那裡，拒絕被解釋。

如此的沉默，於是在小說中增添了一個生命面向——表面上看是自己決定的，卻不是自己真能掌握的行為，人的性格不可之處，有著更深沉或更廣大或更神祕的力量在操控著。

海明威的「硬漢」，不是自己選擇要當「硬漢」的，他們甚至無法選擇不當「硬漢」。留有這種無法自我解釋的困境空間，於是讀者不可能單純地崇拜、欣賞或討厭、排斥海明威筆下的「硬漢」，而必然對他們產生某種曖昧的同情憐惜，進而產生某種讀者都不一定願意承認的認同。

五

至於後面一個關於酗酒的例子，那樣的「省話」沉默應該不只是不告訴別人，是連自己都不願講的態度反射吧！

那倒不一定是對這件事感到羞恥所以不講，毋寧更接近於「有甚麼好講」的態度。海明威的「硬漢」是個渾身是傷的人，而且那傷還都是自找，賴不得別人，於是就產生了「有甚麼好講」的態度——與其他的痛苦折磨相比，喝酒酗酒這點小事，有甚麼好講的？還有，反正講了也沒有人會懂，有甚麼好講的？

他們省話不講，因為他們看過太多，他們不是一張提供刻寫經驗的白紙，他們的生命已經凝結了厚厚的油脂，或是厚厚的痂，一般的內容是寫不上去的。他們身上透顯的慵懶、麻木，很大一部分來自於他們經受了太多刺激了，不可能維持每一項刺激的強度，也不可能繼續認真存記每一件事。

他們的標準，不同於一般人。大家覺得很了不起、很嚴重的事，放在他們的生命脈絡下，和那更痛的傷、更黑的深淵相比，都變得不怎麼樣。要是對這樣的事他們就大驚小怪，那將如何對自己交代、如何處理更痛的傷、更黑的深淵？

對我們覺得了不起的事，「硬漢」都聳聳肩不提、不說、不當一回事，這種態度讓讀者隱約窺見了那沒有說出來的更痛的傷、更黑的深淵。不是藉由訴說，反而是藉由沉默，我們才接觸他們最真實的經驗；我們不是清楚知道，而是模糊感應，但模糊感應卻可以比清楚知道更強烈、更難忘。

「硬漢」碰觸到了語言、敘述的限制。最是刻骨銘心的經驗，最是內在自我的衝擊，最難用大家都能理解的語言，用大家習慣的方式講出來。一旦講出來了，其中的自我與內在性質就消失了，變成了一般、普通、庸俗的現象，不再是那意欲陳訴的事件本身了。

詩人設法發明不同於現實語言的「詩的語言」，來存留那不能也不該被翻譯成一般語言的獨特經驗；「硬漢」卻選擇用「有甚麼好講」的沉默，一方面阻斷敘述，一方面弔詭地進行敘述。海明威筆下的「硬漢」，是特殊的「沉默詩人」，沉默就是他們的語法，他們說甚麼，其實只是為了凸顯沒有說出來的沉默內容。他們不說的，遠比說出來的重要。或者該說，真正重要的，他們就將之放入沉默的縫隙中，我們透過他們充滿漏洞的語言，去摸索、去捕捉縫隙。

六

海明威本人，以及他書寫的角色，因而必然帶有濃厚的「自虐」意味。他們試驗著身體與心靈承受的極限，包括承受不尋求理解、不會被理解的壓力。《老人與海》中的老人拖著一副魚骨空架回到港口，沒有人知道他征服大魚的英勇，就算他要說，也無從說服別人相信。雖然我們經由海明威的小說知道了，但海明威要表達的，畢竟不是老人的英勇，而是提示我們，在生命中有很多很多像老人這樣的英勇，不會有筆去記錄，不會有人知曉，卻真實存在，或正因為不被記錄、知曉，而更真實。

海明威是這種生命情調的代言者，因為他沉浸在這種生命情調中，因為他表達這種情調的方式，使得他遠比表面看來更難理解得多，也使得他成為不斷承受各種誤解、濫解的作家。

有人將海明威誤解為奮勇勵志的作家，更多人將《老人與海》讀作是鼓勵大家不怕困難、面對挑戰的作品。不能說這樣的讀法不可以，但一來，有太多作品與傳記上的資料證明，那絕非海明威的創作原意；二來，這種讀法抹煞了海明威跟我們大部分人極其不同的生活價值與視野，只讀到了作品中其他平庸作者都能寫得出來的淺淺一層，卻放過了唯有海明威才寫得出的豐厚質地；三來，如此讀，永遠也讀不到海明威筆下「硬漢」生命中，一種奇特的，發著悲劇性光彩的高貴。

一個古巴老漁夫身上令人不能逼視的高貴。他在現實上的失敗，與他在人格上的高貴，構成了《老人與海》書中真正的戲劇性，他活在一個對手比鄰人可敬、堅忍比金錢更有價值的異質世界裡，與我們的生活看來如此遙遠，卻又讓我們無法不感覺到自我內在有一根幽微的神經，畢竟還是聯繫通往那個世界的。

為什麼讀《老人與海》？為什麼讀海明威？為了感受自己身體裡的那份異質戲劇性，明白自己不完全屬於一個徹底現實世俗化的世界，慶幸自己還殘存著某種做為人——做為個人而非「社會人」——的底層勇氣與力氣。

七

《老人與海》會成為我的第一部譯作，純屬意外。

年輕時，我譯過昆德拉的《可笑的愛情》，那是還沒有翻譯版權的時代，大家都可以譯，都可以出書，我的譯本才完成一半，台灣突然捲起了「昆德拉熱」，一下子他的各本小說都搶譯出版，不少我一本了。

最近幾年，我常以為湯瑪斯．曼的小說《浮士德博士》，或Alex Ross寫現代音樂的《The Rest Is Noise》有可能成為我的第一本譯作。我極愛這兩本書，也知道這兩本書牽涉複雜的音樂、哲學、歷史討論，恐怕少有譯者願意承擔；更糟的，這兩本書都不像在台灣能找到很多讀者。

我曾幾度對出版界的朋友說：只要你們願意出《浮士德博士》或《The Rest Is Noise》，我就幫你們譯，不收翻譯費，只收版稅，賣得掉的部分再付我錢就好。然而，等了好幾年，不曉得是朋友以為我只是開玩笑說說，還是他們評估即使不用先付翻譯費都還是不划算，令我傷感的，遲遲沒有人對這兩本書表現過出版興趣。

反而是因緣際會，二〇一〇年在「誠品講堂」的「現代經典細讀」課程中，講了海明威的《戰地春夢》和《老人與海》，「麥田」表達了出版講堂內容的意願，同時順道就問了我：能否同時重新翻譯《老人與海》，和講堂內容一併出版呢？

我的第一個反應是：在張愛玲和余光中之後重譯《老人與海》？給自己找麻煩！但如此想過之後，冷靜下來的第二個反應是：《老人與海》需要有、可以有一個新譯本嗎？客觀地評估，答案絕對是肯定的。

理由很簡單：目前在書市流通，一般讀者會讀到的中譯《老人與海》，都不是張愛玲或余光中翻譯的。我當然沒有把握，更不敢說自己能將海明威譯得比前輩文字大家張愛玲或余光中更好，然而我有把握，也必須有這樣的自信，可以、也應該譯得比市面上其他版本來得好些。

至少，我對海明威和《老人與海》下過研究、理解的工夫，持續關心追索西方現代性與現代主義的變化發展，也曾經將海明威放在這個脈絡下仔細分析過，才會有「誠品講堂」的課程，以及整理成冊的《對決人生：解讀海明威》。

而且在一樁少有人會在乎的細節上，我的經驗、資歷意外有用。我是個棒球迷，也是個拳擊迷，多年來持續看球、看拳，也持續看美國大聯盟和重中量級拳擊的歷史文獻。張愛玲不看球、不看拳；余光中不看球、不看拳；其他絕大部分譯者也不看球、不看拳。但海明威看，而且棒球、拳擊對他不是閒暇娛樂，是生命基本價值的隱喻，不，甚至是明喻。

我想我了解這一面的海明威，能夠從這一面看穿海明威的文字、思想、驕傲與苦惱。我想盡量譯出這樣的海明威風格。

我還自覺另外一份責任：找到一條聯絡海明威和當代台灣中文閱

讀的管道。半個世紀來，台灣所使用的中文，其實經歷了絕大變化，語文變化使得張愛玲、余光中譯本中的部分詞語及句式，會產生並非源自原文的距離感。希望我的譯本至少可以將這種不必要的隔閡減到最低。

天下沒有完美的翻譯，甚至沒有堪稱完整的翻譯。不能直接閱讀原文的讀者，要趨近海明威的複雜心靈，最好的方法，是參考閱讀多個不同譯本。在譯本的參差錯落中，隱隱浮現著背後的原意。若是讀者讀完了我的譯本，願意去找來張愛玲或余光中或其他譯者的譯本，對照重讀，那一定會是更豐美的經驗。

關於海明威其人其作的看法，除了寫在此「譯後記」的簡要意見外，比較詳細的討論、推論，還請讀者參見《對決人生：解讀海明威》。

GREAT! 17 **老人與海**

作　　者	海明威（Ernest Miller Hemingway）
譯　　者	楊　照
特約編輯	曾淑芳
封面設計	鄭佳容
責任編輯	巫維珍（初版）、徐凡（二版）
編輯總監	劉麗真
事業群總經理	謝至平
發 行 人	何飛鵬
出　　版	麥田出版 地址：115台北市南港區昆陽街16號4樓 電話：(02)2500-7696 傳真：(02)2500-1967
發　　行	英屬蓋曼群島商家庭傳媒股份有限公司城邦分公司 地址：115台北市南港區昆陽街16號8樓 網址：http://www.cite.com.tw 客服專線：(02)2500-7718｜2500-7719 24小時傳真專線：(02)2500-1990｜2500-1991 服務時間：週一至週五09:30-12:00｜13:30-17:00 劃撥帳號：19863813　　戶名：書虫股份有限公司 讀者服務信箱：service@readingclub.com.tw
香港發行所	城邦（香港）出版集團有限公司 地址：香港九龍土瓜灣土瓜灣道86號順聯工業大廈6樓A室 電話：+852-2508-6231 傳真：+852-2578-9337
馬新發行所	城邦（馬新）出版集團【Cite (M) Sdn Bhd】 地址：41-3, Jalan Radin Anum, Bandar Baru Sri Petaling, 57000 Kuala Lumpur, Malaysia. 電話：+6(03)-9056-3833 傳真：+6(03)-9057-6622 讀者服務信箱：services@cite.my
麥田部落格	http://ryefield.pixnet.net
印　　刷	中原造像股份有限公司
初　　版	2013年4月
二版一刷	2024年7月
售　　價	300元
I S B N	978-626-310-679-6
E I S B N	978-626-310-682-6(EPUB)

國家圖書館出版品預行編目資料

老人與海／海明威（Ernest Miller Hemingway）著；楊照譯. －－ 二版. －－ 台北市：麥田出版：家庭傳媒城邦分公司發行, 2024.07
面：　　公分：－－（Great!；RC7017X）
譯自：The old man and the sea
ISBN 978-626-310-679-6（平裝）
874.57　　113006162

城邦讀書花園
www.cite.com.tw

Printed in Taiwan.
本書若有缺頁、破損、裝訂錯誤，請寄回更換。